FUSION FANTASTIC STORY
페리도스 퓨전 판타지 소설

죽은 자들의 왕 1ᄆ

페리도스 퓨전 판타지 소설

초판 1쇄 찍은 날 § 2016년 2월 22일
초판 1쇄 펴낸 날 § 2016년 2월 29일

지은이 § 페리도스
펴낸이 § 서경석

편집책임 § 이재림
디자인 § 신현아

펴낸곳 § 도서출판 청어람
등록번호 § 제1081-1-89호
등록일자 § 1999. 5. 31
어람번호 § 제1-2362호

주소 § 경기도 부천시 원미구 부일로 483번길 40 서경B/D 3F (우) 14640
전화 § 032-656-4452 팩스 § 032-656-4453
http://www.chungeoram.com
E-mail § chungeorambook@daum.net

ⓒ 페리도스, 2013

ISBN 979-11-04-90656-5 04810
ISBN 978-89-251-3285-3 (세트)

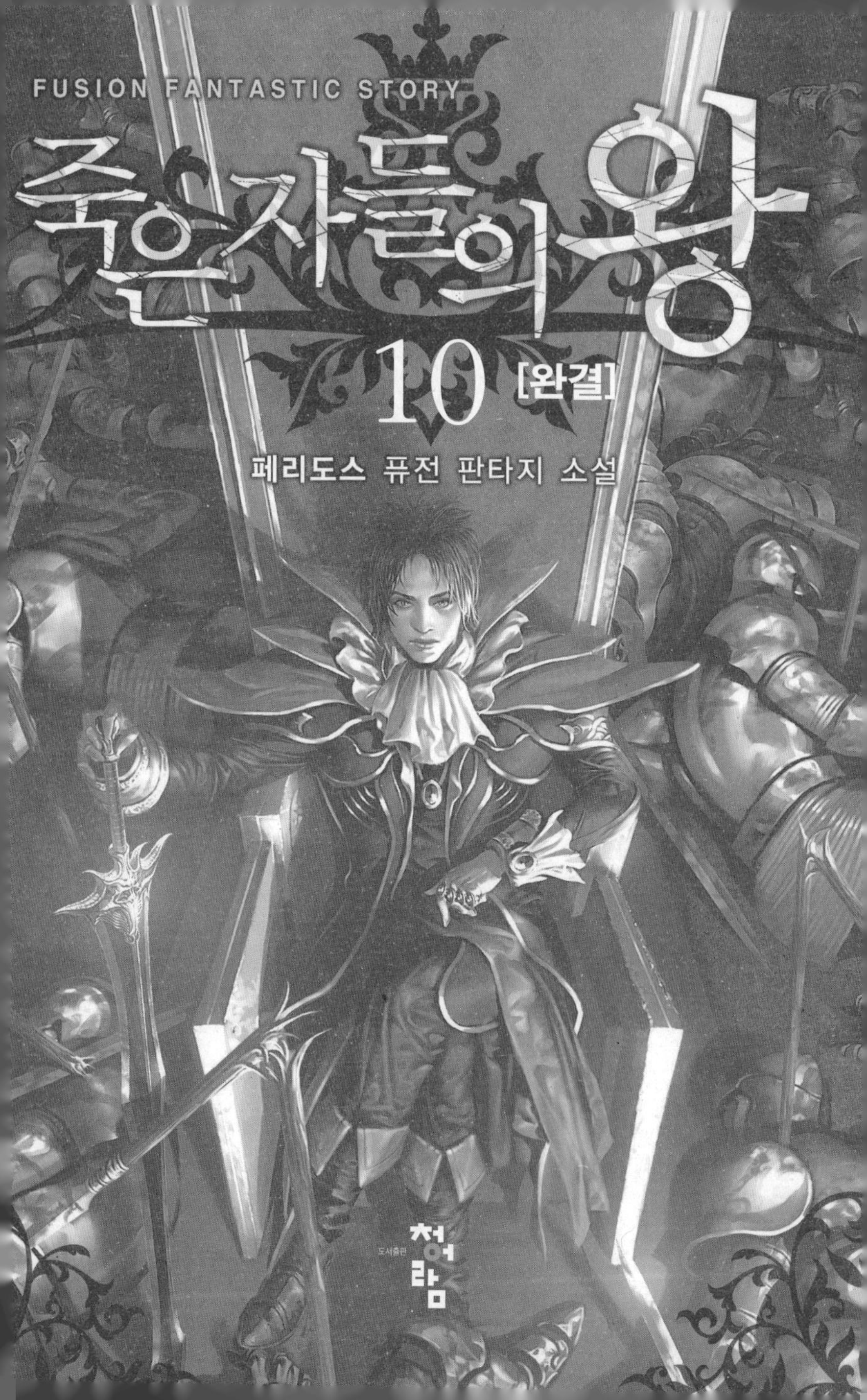
FUSION FANTASTIC STORY
죽은 자들의 왕
10 [완결]
페리도스 퓨전 판타지 소설
도서출판 청어람

CONTENTS

CHAPTER **01**

귀환

대전은 침묵에 휩싸였다. 수많은 이가 자리하고 있었지만 누구도 말 한마디 꺼내지 못했다.

"흐흐흑."

들리는 소리는 단 하나.

로즈 여왕의 흐느낌뿐.

모두가 죽었다 생각했다. 실종 후 아무런 소식도 없었을 뿐 더러, 연합 회담의 주요 인물들 중 살아남은 자가 없으니 그런 생각은 당연했다.

그러하기에 지금 상황은 믿어지지가 않았다.

데미안이 살아 돌아온 이 상황이.

모두 멍하니 데미안과 로즈 여왕을 바라보기만 할 뿐이었다.

한편, 데미안은 부둥켜 울고 있는 로즈 여왕의 등을 쓸어주고 있었다. 그 동안 걱정했을 아내를 위한 안쓰러움에 자연스럽게 나오는 행동으로 보였다.

그런데 남들이 알지 못하는 곳에서 뭔가 상황과 맞지 않는 모습이 한 가지 있었다.

바로 데미안의 눈.

극적인 재회인 만큼 감격과 기쁨, 환희의 눈빛을 보여야 할 데미안의 시선이 너무나도 담담했던 것이다.

도대체 왜 데미안은 자신의 아내를 보는 시선에 감정이 담겨 있지 않는 것일까?

그 이유는 사실 그가 데미안이 아닌 그레이너였기 때문이다.

그레이너는 데미안을 대신해 이곳에 나타났고, 로즈 여왕을 만나자 동생으로 변장하여 행동하기 시작한 것이다.

'신이시여, 감사합니다. 정말 감사합니다.'

로즈 여왕은 눈물을 흘리며 속으로 계속 신에게 감사했다. 다른 이들과 마찬가지로 그녀 역시 데미안의 죽음을 거의 기정사실화로 생각하는 중이었기에 남편의 생환은 축복과 기적 그 자체였다.

이내 그녀는 눈가를 훔치며 고개를 들었다.

울고 있을 때가 아니었다.

데미안의 얼굴을 봐야 했다.

그리고 피부로 느껴야 했다.

그 얼마나 그리워했던 남편이란 말인가.

"데미안 님……."

로즈 여왕의 손이 데미안의 뺨을 매만졌다.

그녀의 얼굴에 기쁨의 미소가 지어졌다.

말할 것도 없이 남편이었다.

약간 수척해지긴 했지만 데미안이 확실했다.

꿈이 아닌 현실에 그녀는 더욱 기뻤고 그제야 어디 다친 건 아닌지 안부를 물으려 했다.

"괜찮으신……."

그런데 막 말을 꺼내려는 순간, 그녀의 눈이 그레이너의 시선과 맞닿았다.

"……!"

로즈 여왕의 표정이 멈칫했다.

그녀는 보았다.

감정이 담겨 있지 않은 남편의 눈을.

순간 그녀의 머릿속이 혼란스러워졌다.

이 눈은 남편의 것이 아니었다.

데미안은 자신에게 이런 눈빛을 보인 적이 단 한 번도 없었다.

대신 이런 눈빛을 보여줬던 사람을 그녀는 알고 있었다.

데미안과 똑같은 얼굴을 가진 그의 형.

그때였다.

그가 작게 고개를 끄덕였다.

마치 그녀의 생각을 읽고 답하는 것처럼.

"……."

로즈 여왕의 표정이 복잡하게 변했다.

남편의 귀환에 환희와 감동에 북받쳤던 그녀였다. 그런데 단 1분이 채 지나기도 전에 그것이 거짓임을 알게 되었으니 실망감이 이만저만이 아니었다.

하지만 다른 한편으론 안심이라는 감정이 피어올랐다.

그레이너의 능력을 잘 알고 있는 그녀였기에 갑작스레 나타난 그가 큰 힘이 될 것임을 바로 안 것이다.

그런 두 마음이 충돌을 일으켜 고스란히 그녀의 얼굴에 나타났던 것이다.

하나 그것은 잠시일 뿐.

순식간에 그녀의 표정이 원래대로 돌아왔다. 그러더니 다시 감격한 얼굴과 울음 섞인 목소리로 그레이너의 얼굴을 쓰다듬는 것이 아닌가.

"흑, 데미안 님, 괜찮으신가요? 어디 다치신 곳은 없으시고요?"

그레이너의 눈이 반짝였다.

자신의 정체를 눈치챘음에도 불구하고 금방 마음을 다스려 데미안을 대하는 것처럼 연기하는 로즈 여왕의 모습에 놀란 것이다.

'이 여인도 성장했군.'

수많은 고난과 역경이 여리고 약했던 여인 로즈를 이렇게 변화시킨 것인가.

그레이너는 그녀가 겉모습만이 아니라 마음가짐까지 진짜한 나라의 왕이 됐음을 실감하지 않을 수 없었다.

이내 그레이너는 자연스럽게 받아주었다.

"전 괜찮습니다. 사고가 있어 문제를 겪기는 했지만 지금은 멀쩡합니다."

"다행입니다. 정말 다행입니다."

로즈 여왕은 물기가 맺힌 눈으로 미소를 지으며 말했다.

그 모습은 누구도 의심을 하지 못할 정도로 애틋함이 느껴졌다.

그레이너는 고개를 끄덕이며 데미안이 했을 법한, 그리고 그가 알고 싶은 것을 듣기 위한 질문을 던졌다.

"전하께서는 그동안 평안하셨는지요? 바깥에 있는 동안 많이 걱정했습니다."

"전 무탈합니다. 아바마마와 데미안 님의 일로 시름에 빠지긴 했지만, 와중 좋은 일이 생겨 그나마 마음의 안정을 찾을 수 있었답니다."

"좋은 일이요? 그게 무엇입니까?"

"회임을 하였습니다."

"뭐라고요?"

그레이너는 짐짓 놀란 표정을 짓더니 크게 웃으며 로즈 여왕을 끌어안았다.

"하하하하! 어떻게 이런 일이! 이렇게 기쁜 소식을 듣게 되다니!"

그는 겉으론 기쁨의 웃음을 터뜨렸지만 속으론 마나를 이용해 로즈 여왕의 내부를 관찰했다.

로즈 여왕의 말은 사실이었다. 그녀는 진짜 임신을 한 상태였다. 소문이 거짓이 아니었던 것이다.

―거짓이 아니었군.

―그러게. 사실이었어.

―이것 또한 운명이로구나.

선조들도 사실을 알자 한마디씩 거들었다.

세상과 끊어졌다 여긴 혈연의 끈이 아직 가느다랗게 남아 있음을 은연 중 이야기하는 것이다.

'동생아…….'

핏줄의 존재를 확인하자 그레이너의 가슴에 파문이 일어났다. 동생이 죽은 이상 이제 세상에는 자신 혼자라 생각했다. 때문에 복수와 함께 자신의 존재도 세상에서 지우려 마음먹었었다.

그런데 이제 그럴 수 없었다.

동생이 남긴 혈육.

조카가 존재하는 것을 알았기 때문이다.

그레이너는 생소한 감정을 느꼈다. 눈에 보이지도 않고 만져 보지도 못한 아이였다. 오직 마나로 존재만을 확인했을 뿐인데 이 아이가 가깝게 느껴졌다. 아마도 이것이 핏줄의 힘이 아닐까 싶었다.

'널 무슨 일이 있어도 지켜주겠다. 이 세상 모든 것이 널 위협한다면 그 모든 것을 죽여서라도 말이다.'

동생을 지켜주지 못해 죄책감과 미안함에 아픔을 느꼈던 그레이너였다. 때문에 이 아이는 자신의 모든 것을 동원해서라도 지켜줄 것이라 마음속으로 다짐했다.

그레이너는 이내 포옹을 풀며 로즈 여왕을 왕좌에 앉게 했다.

"이런, 이런. 임산부는 몸을 평안하게 유지해야 하지 않겠습니까. 그렇다면 이렇게 서 있으면 안 되지요. 자, 앉으십시오. 앉아서 편안하게 계십시오."

로즈 여왕은 고개를 끄덕이며 왕좌에 앉았다. 그러며 평온한 미소를 지었다. 그레이너의 말에 담긴 뜻을 짐작했기에 마음의 안정을 찾은 것이다.

이윽고 그레이너의 시선은 대전에 있는 다른 이들을 향했다. 사람들은 아직도 놀란 모습을 감추지 못하고 있었다. 데미안이 다시 살아 돌아올 것이라 생각한 이는 아무도 없었기에 경악에 가까운 충격에 빠져 있을 뿐이었다.

그런 그들을 향해 그레이너는 부드러운 미소로 말문을 열었다.

"반가운 분들이 모두 모여 계시는군요. 그동안 잘들 지내셨습니까?"

"……."

사람들의 시선은 그레이너에게 고정되어 있을 뿐 누군가 나서서 대답하는 이는 없었다. 당연했다. 놀란 와중 누가 대답을 할까.

그걸 느꼈음인지 그레이너의 눈이 움직이더니 한 사람을 향했다.

"로드리오 공작님, 오랜만입니다."

바로 중립파의 수장에서 여왕파의 실세가 된 로드리오 공작이었다.

예상 못한 지목에 공작이 얼떨떨한 표정으로 대답했다.

"아, 예, 그렇습니다, 데미안 님."

"표정이 마치 귀신을 본 듯한 모습이군요. 제가 살아 돌아올 줄은 생각지도 못하신 모양입니다."

"허, 그럴 리가 있겠습니까. 갑작스럽게 돌아오셔서 놀랐을 뿐 다른 뜻은 없습니다."

"그러시군요."

그러며 그레이너는 다른 이들을 둘러봤다.

로드리오 공작과의 대화 때문인지 사람들이 서서히 정신을 차리고 각양각색의 반응들을 보이고 있었다.

왕비와 빈에서 대비와 대빈이 된 칼리와 미트라는 차가운 반응을, 왕실장로회의 장로들은 복잡 미묘한 반응을, 왕자에서 공작이 된 에드리언과 델핀은 심각한 반응을 보였다.

그레이너는 그들 중 에드리언과 델핀을 뺀 나머지를 향해 말없이 정중하게 인사를 올렸다. 에드리언과 델핀은 이제 신분의 차이가 나지 않는데다 인사의 필요성이 없다 여긴 것이다.

두 사람은 충격 때문인지 그에 대해 별다른 반응을 보이지 않았다. 이윽고 그레이너는 대전에 있는 귀족들을 향해 예를 취했다.

"갑작스런 등장에 많이들 놀라게 한 모양입니다. 다짜고짜 들이닥쳐 소동을 일으켜 죄송하게 되었습니다. 전하를 만난다는 설렘에 마음이 앞서서 그만. 실례를 범한 것에 대해 정중히 사과드리지요."

"……."

실례라 표현했지만 엄밀히 말하면 극형에 처해져도 할 말 없는 난입행위였다. 대전 내에서 소요를 일으킨 만큼 신분에 상관없이 책임을 물을 수도 있는 일이었다.

하나, 어느 누구도 문제 삼지 못했다.

아니, 할 수 없었다.

여왕을 만나기 위해 사지에서 돌아온 국서였다. 어느 누가 책임을 물을 수 있겠는가. 멍청이가 아닌 이상 이 자리에서 문제를 제기할 만한 이는 아무도 없었다. 결국 그 누구도 말을 꺼내지 않자 다시 로드리오 공작이 나섰다.

"사과라니요 당치 않습니다. 전하를 보고파 하셨을 국서의 마음을 어찌 저희 모두가 알지 못하겠습니까. 충분히 짐작하고도 남음이니 괘념치 않으셔도 됩니다."

"그리 말씀해 주시니 감사할 따름입니다."

짝짜꿍이 따로 있을까.

로드리오 공작은 자연스럽게 그레이너를 두둔했고, 그레이너도 그 말을 받으며 상황을 무마시켰다.

분위기가 풀리고 대화가 시작되자 두 사람은 이런저런 대화로 주고받았다. 대부분 그레이너가 질문을 했고 로드리오 공작이 답변을 하는 형식으로 사람들의 안부나 변화 등을 묻는 것이었다. 그런데 그런 와중 갑자기 그레이너의 시선이 예상외의 곳으로 향했다.

"한데 말입니다."

"예, 말씀하시지요."

"저 때문에 진행 중이던 행사가 중단된 듯한데, 지금 무엇을 하고 있는 중이었습니까? 보아하니 왕실회의는 아닌 것 같은데 말입니다."

"……!"

그 물음에 로드리오 공작을 비롯한 사람들의 눈빛이 당혹스럽게 변했다.

그레이너가 설마 그런 질문을 할 줄은 생각지 못한 것이다.

"저 그것이……."

그에 로드리오 공작은 크게 당황했다.

대화를 나누고 있었으니 자신이 답을 해야 하는데 말을 꺼내기가 여간 곤란하기 그지없었다.

'새로운 국서를 선출하기 위해 모인 자리라고 어찌 대답을 한단 말인가…….'

사람들은 로드리오 공작의 당혹감을 짐작할 수 있었다. 입장을 바꿔 자신들이 똑같은 처지였다면 로드리오 공작과 다르지 않았을 것이다.

'당황스럽겠지.'

그레이너는 상황을 모두 인지하고 있었기에 로드리오 공작의 고충을 짐작하고 있었다. 때문에 다그치지 않고 시선을 다른 이들에게 옮겼다.

"으흠."

"커험."

모두 시선을 피하기 바빴다. 대상이 자신이 되는 걸 극도로 피했다.

"반응들이 왜 이렇습니까? 내가 한 질문이 그 정도로 답하기 어려운 것입니까?"

이미 예상한 반응이었지만 그레이너는 짐짓 모른 척 물었

다. 그의 그런 물음에도 역시나 대답이 없자 이내 그레이너는
아예 국서 후보 세 명을 향해 질문을 던졌다.

"모두들 대답하기 곤란해하는 듯하니 어쩔 수 없이 그대들
에게 물어야겠군. 그대들은 누군가? 무엇 때문에 이 앞에 나
와 있는 것인가?"

"……!"

그 말에 세 명이 움찔거렸다.

그들은 고개를 숙이고 있었는데 얼굴을 보지 않아도 난감
해하고 있음을 알 수 있었다. 다른 사람도 아니고 국서인 데
미안이었다. 어떻게 그 앞에서 국서 후보라 말한단 말인가.

하지만 아랫사람 입장에서 답을 하지 않을 수도 없는 상황.
세 사람은 서로에게 대답을 미루며 눈치를 봤다.

그런데 그때였다.

"그들은 새로운 국서 후보들입니다."

어딘가에서 질문에 대한 답이 들려왔다.

마치 짜기라도 한 듯 사람들의 시선이 동시에 목소리가 들
려온 곳으로 향했고 곧 그 주인공을 찾을 수 있었다.

"그게 무슨 말씀이십니까, 대비마마."

그 사람은 바로 칼리 대비였다.

칼비 대비는 어느새 자리에서 일어나 있었다. 그녀는 걸음
을 옮겨 다가오더니 그레이너 옆에 섰다.

"말 그대로입니다. 데미안 국서, 이들은 공석이었던 국서

자리를 채우기 위해 각 파벌에서 심혈을 기울여 선출한 고위 귀족가의 후보들입니다."

웅성웅성!

칼리 대비의 발언에 사람들은 당혹스러웠다. 이렇게 단도 직입적으로 말할 줄은 예상치 못했기 때문이다.

사람들의 시선은 즉시 그레이너를 향했다. 그가 어떤 반응을 보일지 눈이 가지 않을 수 없었다.

"……."

당연히 그레이너는 아무런 말도 하지 않았다. 처음부터 모든 상황을 예상하고 있던 그였기에 짐짓 놀라는 모습만을 보일 뿐이었다.

"저……."

그레이너의 모습에 로드리오 공작이 나서려 했다. 상황을 전혀 모르는 국서가 오해를 해 격한 감정을 드러낼 수도 있기 때문이다. 하지만 공작이 나서기도 전에 칼리 대비의 말이 먼저 이어졌다.

"놀랐습니까? 그렇겠지요. 하필이면 돌아온 날이 국서 후보를 소개하는 자리였으니 그럴 수밖에요."

로드리오 공작을 향하려던 그레이너의 시선이 다시 대비에게 옮겨졌다. 그가 물었다.

"어떻게 된 일입니까?"

"내가 말하지 않아도 짐작이 갈 텐데요? 국서는 오랫동안 행방불명이었고 결국 우린 죽었다고 결론을 내렸습니다. 사건이 발생한 그 자리에 있던 자들 중 살아남은 이가 아무도 없으니 그렇게 생각할 수밖에요."

"이해합니다."

"국서가 죽었다 결론을 내리고 나니 우리는 고민을 해야 했습니다. 아시겠지만 국서는 공석이 되어선 안 되는 자리입니다. 국서가 없다는 건 왕실은 물론 왕국 전체에 영향을 미치는 일이니까요. 해서 회의 끝에 우리는 새로운 국서의 필요성을 느꼈고 각 파벌이 후보를 내세우기로 했지요. 바로 이세 명이 그 주인공들입니다."

그레이너의 시선이 국서 후보 세 명을 향했다.

'으음……'

그 시선에 세 명은 보이지 않게 얼굴을 찌푸렸다. 그들에겐 참으로 곤란한 상황이 아닐 수 없었다.

"모두 각 파벌에서 심사숙고해서 골라낸 후보들이랍니다. 누구 하나 뛰어나지 않은 이가 없고 자격이 부족한 자가 없지요. 그야말로 왕국 최고의 인재들이라 볼 수 있답니다."

대비는 그레이너를 똑바로 보며 말했다. 마치 이들에 비해 너는 한참 부족하다는 듯이.

그레이너를 속으로 코웃음을 쳤다. 그런 것에 흔들릴 그가 아니지 않는가.

"이들을 소개하는 와중 국서가 도착했고 그 때문에 누구도 대답을 하지 못한 겁니다. 국서 후보를 선보이는 자리에 데미안 국서가 도착했으니."

그레이너는 고개를 끄덕였다.

"그렇군요. 그래서 그랬던 거군요."

"귀환하는 날 공교롭게도 이런 우연히 겹치다니 참으로 안타깝습니다. 아무래도 국서의 기분이 좋지 않겠지요. 그러나 왕국의 안정과 안녕을 위해 진행한 일임을 감안한다면 충분히 이해해 줄 수 있을 거라 생각되는데. 그렇지 않습니까, 국서?"

대비는 아예 단정을 짓고 물어왔다. 애초에 다른 말은 할 수 없게 만드는 교묘하고 기분 나쁜 말기술이었다.

그레이너는 담담하게 답했다.

"물론입니다. 모두 이해하니 괘념치 마십시오."

그 말에 칼리 대비가 작게 미소를 지으며 고개를 주억거렸다.

"다행이군요. 알겠습니다. 자 그럼 데미안 국서도 모두 이해했으니, 스트롱 백작, 계속 진행하세요."

"예?"

갑작스런 지목에 의전 대신으로 행사를 진행하던 스트롱 백작이 의아한 표정을 지었다.

"대비마마, 무엇을 말씀하시는 건지요?"

"무엇이긴 무엇입니까 후보 소개말입니다."

"……!"

칼리 대비의 대답에 사람들의 눈이 커졌다.

그녀의 말은 누구도 생각지 못한 것이기에 놀라지 않은 이가 없었다. 모두 당황스러운 반응을 보이는 와중 로드리오 공작이 급히 나섰다.

"대비마마, 지금 행사를 계속하라는 말씀이십니까?"

칼리 대비의 눈썹이 꿈틀거렸다.

"로드리오 공작, 내가 같은 말을 두 번이나 하길 바라는 겁니까?"

"아, 아니, 그것이 아니오라… 대비마마께서 착각을 하신 것이 아닌가 싶어서 그렇사옵니다. 행사를 계속하는 것이 아니라 취소를 해야 하지 않습니까?"

"취소요?"

"예, 데미안 국서께서 돌아오셨으니 행사는 없던 일로 해야지요."

그 말에 칼리 대비가 또렷한 눈과 함께 한 발자국 앞으로 다가섰다. 그에 로드리오 공작은 움찔하며 자신도 모르게 물러설 뻔 했다.

칼리 대비가 말했다.

"로드리오 공작, 국서를 선출하는 일이 장난입니까?"

"……."

공작은 아무 말도 하지 못했다. 그녀의 분위기가 서늘하기도 했지만 무슨 의도로 그런 질문을 하는지 파악할 수도 없었기 때문이다.

로드리오 공작이 대답을 하지 못하자 대비의 시선이 이번엔 스트롱 백작을 향했다.

"스트롱 백작, 국서를 선출하는 일이 장난입니까?"

똑같은 물음에 백작은 고개를 저었다.

"그럴 리가 있겠습니까, 대비마마."

스트롱 백작의 대답에 이내 대비의 시선은 대전 모두를 향했다.

"이제 보니 많은 분들이 착각을 하고 있는 것 같군요. 지금 이 자리가 어떤 자리인지 모두 잊은 겁니까? 바로 왕실회의에서 결정된 사안을 실행에 옮기고 있는 자리입니다. 그게 무엇을 뜻하는지 모르진 않을 텐데요."

"······!"

대비의 말에 사람들의 표정이 변했다.

"데미안 국서가 돌아왔습니다. 그것은 그것대로 환영할 일이지요. 하지만 국서 선출을 멈출 이유는 되지 않습니다. 왜냐하면 왕실회의를 통해 국서 선출 안건이 통과된 이상 데미안 국서가 돌아왔다 하더라도 취소할 수 없으니까요. 아시지 않습니까? 왕실회의를 통해 결정된 안건은 무슨 일이 있어도 무효가 되지 않는다는 것을."

그렇다.

왕실회의는 국사를 논하는 왕국 최고의 실무회의였다.

회의에서 결정된 사안이나 안건은 무슨 일이 있어도 실행에 옮겨졌다.

국사에 관련된 것을 결정한 것이니 취소될 수가 없는 것이다. 설사 뒤에 가서 문제점이 있던 것이라도 또 다른 안건으로 올라갈 뿐이다. 왕을 비롯한 최고위 귀족이 회의를 거쳐 결정한 것이니 당연한 일이었다.

"통과된 안건을 사소한 문제가 생겼다고 하지 않는다? 국가 업무가 그렇게 가벼운 것이었나요?"

사람들의 시선이 그레이너를 향했다. 국서의 귀환을 사소한 문제로 치부하는 칼리 대비, 계속되는 그녀의 무시어린 발언에 사람들은 그의 반응을 살폈다.

대비라는 자리가 어른이고 높은 신분이기는 하나 국서에게 함부로 할 수는 없다. 국서 또한 대비에 못지않게 높은 신분이고 엄연히 여왕의 배우자이기 때문이다.

그런 국서를 업신여기는 듯한 발언은 그들이 들어도 심하게 느껴질 정도였다. 국서가 폭발해 화를 내도 그들은 이상하게 여기지 않으리라.

"……."

한데 의외로 그레이너는 아무런 반응도 보이지 않았다. 귀가 들리지 않는 게 아니라면 확실히 칼리 대비의 말을 들었을 텐데 조금의 변화도 보이지 않고 있었다. 그렇게 대비의 발언에 어찌해야 될지 모르고 있는 그때, 누군가가 자리에서 일어났다.

"그럴 리가 있겠습니까, 대비마마. 왕실회의를 통과한 안건을 저희는 절대 가벼이 여기지 않습니다."

그자는 바로 대비의 아버지인 브랜던 공작이었다. 공작이
나서자 사람들의 눈빛이 변했다.

"대비마마께서 하신 이야기의 의미를 알겠습니다. 말씀하
신대로 통과된 안건을 흐지부지 없던 일로 한다는 건 말도 되
지 않는 행동이지요."

"잘 아시는군요."

"갑작스러운 사태로 인해 저희 모두가 잠시 본분을 망각하
고 있었던 모양입니다. 대비마마의 말씀이 아니었다면 왕국
역사에 오점으로 남길 만한 큰 실수를 저지를 뻔했습니다. 송
구합니다, 대비마마."

칼리 대비와 브랜던 공작의 눈빛이 맞닿았고 이내 대비의
얼굴에 만족스러운 미소가 미미하게 지어졌다.

브랜던 공작은 딸인 대비의 의도를 알아차렸다. 애초에 그
녀가 직접 나서 시종 강한 분위기를 연출한 건 흐름을 휘어잡
고 돌아온 국서가 나서지 못하게 하기 위함이 분명했다. 생각
지도 못했던 국서의 등장으로 계획이 물거품이 될 거 같아 그
녀가 이리 나선 것이다.

덕분에 예상대로 그녀의 행동은 효과가 있었고 분위기는
어느새 국서 선출 행사를 계속하는 쪽으로 흘러가고 말았다.

"다행이군요. 그나마 브랜던 공작께선 상황을 온전히 파악
하셔서."

"감사합니다, 대비마마. 그럼 행사를 계속 진행을 해도 되겠습니까?"

"그리하세요."

"예, 그럼… 스트롱 백작, 다시 시작하시게."

결국 분위기는 완전히 기울어졌고 사람들은 모두 속으로 혀를 내둘렀다.

그들은 그레이너가 나타난 후 국서를 선출 행사는 끝났다 여겼다. 누가 그리 생각지 않겠는가. 국서의 부재를 이유로 새로운 국서를 선출하자 했는데 국서가 살아 돌아왔으니 그렇게 판단할 수밖에 없었다. 그런 것을 칼리 대비가 나서서 반전시켜 버린 것이다. 그것도 돌아온 국서 앞에서.

귀족들은 다시 한 번 칼리 대비가 무서운 여인임을 상기하지 않을 수 없었다.

"…예에."

그에 스트롱 백작은 엉거주춤 대답하며 그레이너의 눈치를 살폈다. 그런데 이내 그가 막 말을 꺼내려는 순간,

"자네들 생각은 어떤가?"

그때까지 조용히 있던 그레이너가 갑자기 입을 열었다.

바로 후보 세 명을 향해.

CHAPTER **02**

달라진 국서

"⋯⋯!"

갑작스러운 질문에 세 사람은 당황했다.

예상치 못한 물음에 허를 찔린 듯한 표정들이었다.

당황한 건 그들만이 아니었다. 대전에 있던 다른 이들도 난데없는 질문에 시선이 모였다. 자리로 돌아가던 칼리 대비도 멈춰 섰다.

"대답들 해보게. 자네들은 국서 선출 행사를 계속 진행하는 것에 대해 어떻게들 생각하느냐 말이네."

"⋯⋯."

당연히 대답하는 이는 아무도 없었다. 그들 입장에선 좋든

싫든 아무 말도 할 수가 없었다.

"대답하기 어려운 질문인가? 그래, 그럴 수 있겠지. 뭐 대답하지 않아도 좋네. 왜냐하면 어떤 대답을 하던 내가 할 말은 정해져 있으니까."

"……?"

"잘들 듣게. 난 국서 선출 행사를 계속하는 걸 허락할 생각이 없네."

"……!"

사람들의 눈이 커졌다.

뒤돌아 바라보는 칼리 대비의 눈빛도 변했다.

국서 선출 행사를 허락하지 않겠다니.

시종 침묵을 지키던 국서의 발언에 대전의 분위기가 삽시간에 얼어붙었다.

그레이너는 그러던 말던 이내 시선을 옮겼다.

바로 스트롱 백작을 향해.

"스트롱 백작."

"예? 아, 예."

"행사는 취소요. 진행할 필요 없소."

"……."

웅성웅성!

그레이너의 발언에 결국 대전이 시끄러워졌다.

갑작스러운 국서의 도발적 언행에 사람들은 놀라지 않을

수 없었다.

"지금 무슨 말을 하는 것입니까, 국서."

그때 브랜던 공작이 나섰다.

그의 눈가에는 희미한 노기가 서려 있었다.

"행사를 마음대로 취소시키겠다니, 이 무슨 말도 안 되는 행동입니까?"

그레이너의 시선이 브랜던 공작을 향했다.

"말이 안 되다니 무엇이 말입니까?"

"무엇? 허, 왕실회의에서 결정된 사안을 국서께서 무슨 권한으로 취소를 시키느냐 이 말입니다."

"권한? 잘못된 것을 바로 잡는데 권한이 왜 필요한지요? 굳이 필요하다면 국서로서, 여왕의 남편으로서 취소하는 것입니다. 답이 됐습니까?"

공작의 눈썹이 더욱 찌푸려졌다.

"잘못된 것? 지금 왕실회의에서 결정된 사안을 잘못된 것이라 하시었습니까? 그 발언, 국서께선 책임질 수 있으신지요?"

"책임? 후훗."

그레이너의 얼굴에 희미한 미소가 지어졌다.

이윽고 그레이너가 물었다.

"브랜던 공작, 혹 아까 대비마마께서 하신 말씀을 기억하십니까?"

'대비마마의 말씀?'

난데없는 물음에 공작은 의도를 알 수 없었다.

여기서 대비가 했던 말을 왜 거론한단 말인가.

그 답은 이어지는 그레이너의 말에서 알 수 있었다.

"대비께서 이렇게 말씀하셨습니다. 공석인 국서의 자리를 채우기 위해 후보를 선출한 것이라고."

"……."

"그 말은 국서를 선출한 이유가 공석이기 때문이라는 것인데, 원래 주인인 내가 돌아왔으니 선출할 이유가 사라진 것 아닙니까?"

"……!"

순간, 브랜던 공작의 표정이 살짝 굳었다.

"그런 걸 계속 진행하려는 행동은 억지나 다름없고, 잘못된 것을 왕실회의를 핑계로 밀고 나가려는 것으로밖에 비춰지지 않는데. 국서인 내가 그걸 아무렇지 않게 두고 보고만 있을 줄 알았습니까?"

공작은 잠시 머뭇거리다 말했다.

"억지라니요, 핑계라니요, 가당치 않습니다. 왕실회의에서 결정된 사안을 계속 진행하는 것이 어찌 억지나 핑계가 된단 말입니까?"

"억지와 핑계가 아님 뭡니까. 만약 공작의 말이 맞다면 대비마마께서 행사를 계속 진행하라 했을 때 여기 대신들은 당연하다는 듯 고개를 끄덕였을 것이오. 하지만 아니었지요. 모두 당혹스러운 표정을 지었고, 진행을 담당한 스트롱 백작은 이해할 수 없어 다시 묻기까지 했소이다. 설마 여기 있는 사람들이 전부 바보라 그런 반응을 보인 걸로 생각하는 건 아니겠지요?"

"커험!"

"흐흠!"

귀족들이 서로를 바라보며 헛기침을 했다.

특히 지목된 스트롱 백작은 크게 당황하며 난감한 얼굴을 보였다.

"그 반응들이 곧 공작의 말이 틀렸단 증거이지 않습니까. 그러니 내 권한으로 취소해도 하등 잘못된 것이 없는 것 같습니다만."

공작은 물러서지 않았다.

"국서께서 귀환하시는 의외의 상황이 발생하는 바람에 모두 미처 생각지 못했을 뿐, 그게 억지나 핑계로 부정할 순 없는 것입니다. 그러니 행사는 계속되어야 합니다. 왜냐하면 왕실회의에서 결정된 사안이니까요."

"이미 말했듯이 왕실회의 핑계는 내게 통하지 않습니다. 명분을 잃은 행사를 계속 진행하는 걸 난 절대 받아들일 수 없으니 말이지요."

"그건 국서 혼자만의 생각과 의견일 뿐, 어떠한 효력이나 힘도 없다는 걸 말씀드리고 싶군요."

두 사람은 한 치의 물러섬도 없었다.

이렇게 가다가는 끝이 없을 듯한 분위기였다.

그때였다.

"두 분, 그만하세요."

결국 칼리 대비가 나섰다.

그에 브랜던 공작이 힐끗 보더니 한 발자국 물러났고, 그레이너의 시선은 대비를 향했다.

대비가 그레이너에게 다가가더니 말했다.

"데미안 국서, 심기가 불편한 것은 이해하지만 보기 좋지 않군요."

"……."

"브랜던 공작의 말씀은 잘못된 것이 없습니다. 행사는 규율과 규칙에 따라 이뤄졌고, 행사가 어떤 이유로 시작됐든 또 사람들이 어떻게 반응을 보였든 결정이 된 이상 그런 것들은 상관이 없답니다. 그러니 추태는 그만 보이고 이만 물러나세요."

당연히도 대비는 브랜던 공작의 편을 들었다.

그레이너의 한쪽 입 꼬리가 올라갔다.

"대비마마께서 브랜던 공작의 말을 들어 설득을 하려 하시니 저 역시 제 의견을 다시 말해야겠지만, 이미 여러 차례 거론한 만큼 그냥 한 말씀만 드리지요."

그는 한 번의 숨만큼 말을 끊고는 이윽고 입을 열었다.

"행사는 끝입니다."

그레이너의 말은 단호했다.

그 단호함을 대전에 있는 모두가 느낄 수 있었다.

사람들의 시선이 칼리 대비를 향했다. 대비 앞에서도 물러서지 않는 국서에 그녀가 어떻게 반응할지 긴장된 표정으로 지켜봤다.

칼리 대비의 얼굴에 변화는 없었다. 대신 그레이나와 달리 많은 숨을 내쉴 만큼 잠시 동안 말이 없었다.

그러나 그 시간은 오래가지 않았다.

"좀 전까지 긴가민가했는데 방금 국서의 말을 들으니 확실히 알겠군요."

"……."

"그대의 말과 목소리에서 불안정함이 느껴집니다. 당연하겠지요. 왕국으로 돌아오기까지 수없이 많은 고생을 했을 터, 심신이 많이 지친 상태일 테지요. 그런 상황에 국서 행사까지 목격했으니. 오늘 이렇게 소란을 일으킨 것도 모두 정상이 아닌 국서의 상태 때문이겠지요."

대비의 말에 몇몇 사람들의 표정이 변했다.

대비의 말에서 뭔가 심상치 않은 느낌을 느낀 것이다.

그러나 그것을 느낀 건 소수일 뿐, 곧 이어진 발언에 모두가 알아차릴 수 있었다.

"국서의 심신이 정상이 아닌 듯하니 아무래도 그만 쉬는 것이 좋겠군요. 근위대, 국서를 처소로 모시도록 하세요."

"……!"

사람들의 눈이 커졌다.

칼리 대비의 의도를 알아차린 것이다.

이대로 흘러가단 원하는 대로 되지 않을 것 같으니 아예 국서를 대전에서 퇴출시키려는 것이다.

귀족들은 놀라지 않을 수 없었다. 대비가 이렇게까지 강경하게 나온 경우는 처음이기 때문이다. 지금껏 은밀하면서도 조용하게 힘을 써온 그녀였기에 이런 움직임은 의외가 아닐 수 없었다.

그런데 더 놀라운 일은 그 다음에 벌어졌다.

철컥, 철컥!

"아, 아니!"

"저들이……."

사람들의 표정이 변했다.

근위기사들이 대비의 명에 따라 움직인 것이다.

사람들은 크게 놀라지 않을 수 없었다.

왕실근위대는 국왕의 친위대였다. 한마디로 국왕 직속 기사단이라 할 수 있었다. 그 말은 왕실근위대를 움직이게 할 수 있는 사람은 국왕뿐이란 뜻인데, 지금 대비의 말에 따라 근위대가 움직인 것이다.

이것은 한 가지를 뜻했다.

바로 왕실근위대가 칼리 대비쪽으로 넘어갔다는 것.

왕실근위대 전부가 넘어간 것인지는 알 수 없었다. 현재 움직인 건 일부일 뿐이니까. 하지만 근위대의 다른 인물들이 그걸 지켜만 보고 있다는 것은 조직적으로 문제가 있다는 것을 은연중 뜻하고 있었다.

"이게 무슨 짓입니까!"

그때 여왕파의 수장 로드리오 공작이 자리를 박차고 일어섰다. 그는 심각한 얼굴로 말했다.

"국서를 대전에서 물리다니, 아무리 대비마마라 하나 국서를 마음대로 하실 수는 없는 일입니다. 그것도 근위대를 이용해서……."

그러자 칼리 대비의 시선이 공작을 향했다.

"짓이라니? 로드리오 공작, 자리가 자리인 만큼 말을 가려서 하시지요."

공작의 표정이 흔들렸다. 실수였다. 순간 흥분하여 자신도 모르게 말을 과하게 내뱉고 말았다.

"송구하옵니다, 대비마마."

"국서를 물린다고 했나요? 공작, 국서의 정신적 안정과 신체적 휴식을 위해 배려를 하는 것일 뿐, 물리는 것이 아닙니다."

"안정과 휴식이라니, 대비마마, 국서께선 심신이 모두 멀쩡합니다. 어찌 그런 말씀을 하시는 겁니까?"

"그렇지 않습니다. 지금 국서는 말도 안 되는 억지를 부려왕실의 행사를 방해하고 있습니다. 이런 행동을 하는 이유가무엇이겠습니까? 바로 심신이 온전치 못하기 때문입니다. 이

걸 해결할 방법은 국서를 쉽게 해주는 것이고, 본 대비가 직접 나서서 도움을 주려는 것입니다."

로드리오 공작의 표정이 굳어졌다. 교묘한 말로 정당성을 부여하는 대비에 난감함을 느끼지 않을 수 없었다. 뻔히 이유를 아는데 그걸 대놓고 말할 수 없는 상황이 답답하기 그지없었다.

"근위대를 이용해서 말입니까?"

"그것이 문제가 됩니까?"

"당연하지 않습니까. 근위대는 국왕 전하의 직속 친위대이옵니다. 대비마마라 해도 근위대에 명을 내릴 수는 없단 말입니다."

"직속 친위대이기도 하지만 곧 왕실 수호 집단이기도 하지요. 평상시라면 당연히 국왕의 명에만 움직이겠지만 왕실의 질서가 위기에 처한 상황이라면 왕실 최고 어른인 본 대비도 명을 내릴 수 있다 봅니다. 바로 지금과 같은 상황이라면 말이지요. 그렇지 않습니까, 버켈 백작?"

대비의 물음에 휘황찬란한 갑옷을 입은 기사 하나가 달려왔다.

바로 근위대장 버켈 백작이었다. 백작은 대비 뒤에 서더니 말했다.

"맞습니다, 대비마마. 근위대가 국왕 직속 부대이기는 하나, 왕실의 위기 상황이라면 대비마마께서도 충분히 명을 내

리실 수 있습니다."

버켈 백작의 행동에 에드리언 공작파를 제외한 귀족들이 침음을 흘렸다.

다른 사람도 아니고 근위대장인 버켈 백작이었다. 그런 그가 모두가 보는 앞에서 이렇게 대비의 말에 따르고 움직이다니. 이건 큰 충격이 아닐 수 없었다. 그가 이렇게 나섰다는 건 곧 근위대가 대비의 손에 떨어졌다는 걸 확정하는 것이기 때문이다.

다른 의미로, 로즈 여왕 앞에서 이런 모습을 보인다는 건 그 만큼 꺼릴 것이 없다는 뜻이고, 대비의 숨겨진 힘이 상상 이상이라는 의미이기도 했다.

로드리오 공작의 표정은 더욱 좋지 않게 변했다. 버켈 백작의 등장과 발언은 그도 충격이 아닐 수 없었다. 그는 이내 마음을 다잡고 물었다.

"버켈 백작, 지금 위기 상황이라고 했는가? 도대체 무슨 의미로 그런 말을 하는 것인가?"

공작의 물음에 모두의 시선이 버켈 백작에게 몰렸다.

"지금 왕실 회의 결정이 묵살되고 왕국의 법도가 무너지려 하고 있습니다. 이것은 왕국 역사상 유래가 없던 일로, 충분히 왕실의 위기로 판단을 내릴 수 있습니다. 그렇기에 위기 상황이라 말씀을 드린 겁니다."

버켈 백작은 당당했다. 많은 이가 주시하고, 대비와 국서가 대립하는 상황에 나선 만큼 긴장될 법도 한데 그는 전혀 흔들림이 없었다. 오히려 든든하게 칼리 대비의 뒤를 받치며 자신의 할 말을 했다.

그 모습에 로드리오 공작의 눈썹이 찌푸려진 건 말할 나위가 없었다.

"그것은 말도 안 되는 판단이네! 왕실의 위기 상황이라는 것은 적군이 왕궁까지 쳐들어왔거나, 어쌔신이 침입해 왕족에 큰 위협이 됐을 만한 상황에나 적용 가능한 것이네! 어찌 지금과 같은 의견 대립이 위기 상황이란 말인가!"

"간단한 의견 대립이라면 제가 위기로 생각하지 않았을 겁니다. 지금 이것은 전통과 규칙을 무너뜨리는 행위가 깔려 있기에 나서지 않을 수 없는 것입니다."

"그것은 억지네. 왕실근위대가 나설 때는 오직 국왕 전하의 명이 떨어졌을 때나, 전하를 비롯한 왕족의 생명에 위협적인 상황이 발생했을 때 뿐, 지금과 같은 정치적 상황은 왕실근위대가 움직일 명분이 전혀 없지. 자네의 지금 행동은 월권을 넘어선 위법이네."

그 말에 나선 건 칼리 대비였다.

"그 말은 지금 내가 억지를 부린다는 말입니까?"

칼리 대비는 다른 이들이 로드리오 공작의 말을 고려할 여지를 주지 않겠다는 듯 즉시 말했다.

"전통과 규칙은 왕국의 명맥을 이어가는 중심이자 기틀. 우리 왕족에겐 목숨보다도 중요한 것이고 왕실의 위기라 판단해도 전혀 무리가 없는 일입니다. 충분히 근위대가 나설 만한데 그것을 억지라는 말로 매도하다니요. 그건 곧 본 대비의 판단 또한 억지란 말. 로드리오 공작, 그렇게 생각해도 되는 겁니까?"

"예? 아, 그⋯⋯."

"대답을 해보시지요. 억지라 생각한다는 건 로드리오 공작은 본 대비가 국서 행사를 강행하기 위해 이러는 거라 보시는 건가요?"

"⋯⋯!"

순간, 로드리오 공작의 입이 턱 막혔다.

설마 대비가 이렇게 대놓고 직설적으로 내뱉을 줄은 상상도 하지 못했다. 어느 누가 생각이나 했겠는가, 대비가 이렇게 나올 거라고.

그런데 기가 막히게도 이렇게 나오니 할 말이 없었다. '그렇다'고 답하면 대비를 욕보이는 것이 되고, '아니다'라고 말하면 자신의 발언을 부정하는 것이 되기 때문이다.

놀란 건 다른 이들도 마찬가지였다.

누구도 대비가 이런 식으로 진심을 이용해 상황을 유리하게 만들 줄은 몰랐다. 왜 그렇지 않겠는가. 거짓말을 하는 상황에 진심을 꺼낸다는 건 자신의 치부를 드러내는 일이었다. 누구에게도 쉬운 일이 아니었다.

칼리 대비는 그런 것을 스스럼없이 했고. 그로 인해 로드리오 공작은 아예 반박조차 할 수 없게 됐다.

사람들은 칼리 대비가 전에 없이 이렇게 과감하게 나서는 이유가 국서 문제 때문임을 짐작할 수 있었다. 국서 문제는 중요한 것이 걸려 있기 때문이다.

그것은 바로 명분이었다.

칼리 대비가 세력 면에서 누구보다 우위에 있지만 가장 중요한 한 가지, 명분이 약했다.

명분은 왕족에게 가장 중요한 힘 중 하나로, 명분이 있냐 없냐에 따라 왕위가 결정될 수도 있을 정도였다. 명분이 없다면 혈통에 상관없이 아무나 왕에 오를 수 있는 것이고, 막말로 대비는 진작 새로운 왕이 되어 권세를 누리고 있었을 것이다.

그런 중요한 명분은 신분에 따라 차이가 있는데, 당연히 가장 큰 명분을 가지고 있는 사람이 바로 나라의 주인인 군주였다.

그런 가장 큰 명분을 군주인 로즈 여왕이 가지고 있으니 아무리 세력이 강한 대비라 하나 행동에 제약이 갈 수밖에 없었고, 대비는 항상 그것이 불만이었다.

그런데 그런 그녀의 불만을 해결할 수 있는 것이 바로 국서란 자리였다.

국서는 군주의 반려인 만큼 명분이 작지 않았고, 만약 국서를 자신의 세력으로 끌어올 수 있다면 자신의 명분을 키우는 것은 물론 여왕까지 견제할 수 있었다.

바로 그런 점 때문에 대비가 국서 문제에 적극적으로 움직이는 것이고, 지금까진 원하는 방향으로 흘러가는 중이었다.

'전하!'

말문이 막힌 로드리오 공작은 결국 로즈 여왕을 바라봤다.

지금 나서야 할 사람은 사실 자신이 아닌 로즈 여왕이었다. 대비가 왕실근위대를 이용해 국서에게 제재를 가하려는 만큼 그녀가 나서야 했고 그것이 유일한 방법이었다. 지금 대비를 막을 수 있는 사람은 로즈 여왕밖에 없는 것이다.

'저, 전하.'

그런데 로즈 여왕은 아무런 반응이 없었다.

그냥 지켜보기만 할 뿐, 나설 생각이 전혀 없어 보였다.

그 모습에 로드리오 공작은 이해할 수가 없었다. 다른 사람도 아니고 반려이자 배우자인 국서였다. 그런 국서가 위기에 처했는데 가만히 있다니, 도무지 납득이 되질 않았다.

그리고 그건 다른 사람들도 마찬가지였다. 여왕파뿐만 아니라 다른 파벌도 여왕이 가만히 지켜만 보는 게 이해가 가지 않았다.

그런데 그때였다.

"위기상황이라… 틀린 말은 아니군."

지금까지 가만히 있던 그레이너가 입을 열었다.

갑작스러운 국서의 발언에 로드리오 공작뿐 아니라 사람들의 시선이 그레이너를 향했다.

로드리오 공작이 물었다.

"뭐라 하셨습니까, 국서?"

"대비마마의 말씀이 틀리지 않다고 말했습니다."

"예?"

이건 또 뭐란 말인가.

반박해야 할 국서가 오히려 대비의 말에 동조를 하다니.

로즈 여왕의 침묵도 모자라 국서의 발언까지, 이해하기 힘든 상황에 로드리오 공작은 혼란스럽기 그지없었다.

그런 그레이너가 다시 말을 이었다.

바로 로즈 여왕에게.

"그렇지 않습니까, 전하?"

"맞습니다. 참으로 왕실의 위기가 아닐 수 없습니다. 대비마마와 근위대장이 역모 획책을 모의할 줄이야. 꿈에도 생각지 못했습니다."

"여, 역모?"

"헉!"

사람들의 눈이 커졌다.

역모.

갑자기 그 단어가 왜 나온단 말인가.

덕분에 대전의 분위기는 삽시간에 얼어붙었다.

CHAPTER **03**
진압

역모, 그것이 무엇인가.

가문은 물론 혈족까지 파멸시킬 수 있는 최고의 죄목이 바로 역모였다.

그런 것이 다른 사람도 아니고 대비와 근위대장을 대상으로 거론이 되다니.

웅성웅성!

생각지도 못한 상황에 대전이 소란스러워졌다.

너 나 할 것 없이 사람들의 얼굴이 굳어지며 심각하게 변했다. 로즈 여왕이 대비를 향해 역모란 말을 꺼냈다는 건 선전포고나 다름없었다. 상대를 죽이겠다는 말과 같기 때문에 파벌에 상관없이 심각해지지 않을 수 없었다. 그 자신들의 운명도 걸려 있는 것이다.

너무나도 커져버린 상황에 모두가 당황하고 있는 그때, 칼리 대비가 나섰다.

"방금 제가 뭔가를 잘못들은 것 같은 듯하군요. 전하, 다시 한 번 말씀해 주실 수 있으신지요?"

"아마 잘못 들은 게 아닐 겁니다. '역모'라고 들으셨다면 말이지요."

"훗."

대비가 코웃음을 쳤다. 어이없는 감정이 강하게 느껴지는 웃음이었다.

"역모라……."

칼리 대비는 뚜렷하지 않은 어딘가를 바라보며 역모란 단어를 곱씹었다. 로즈 여왕이 무슨 의도로 갑자기 이런 행동을 하는지 생각하는 모습이었다.

이윽고 대비의 얼굴이 다시 로즈 여왕을 향했을 때, 그녀의 얼굴엔 어느새 살을 에는 듯한 냉기가 서려 있었다.

대비가 말했다.

"전하. 지금 그 말, 책임질 수 있으신지요?"

"전 이 나라의 국왕입니다. 책임지지 못할 말은 하지 않습니다."

로즈 여왕은 당당했다. 전혀 위축됨이 없었다.

어디서 그런 자신감이 나오는지 사람들은 이해가 가지 않았다. 어떤 이는 대비의 압박에 여왕이 무리수를 둔 건 아닐까 예상할 정도였다.

"그렇군요. 그럼 책임을 지셔야 될 겁니다. 다른 사람도 아닌 대비인 제게 역모라는 더러운 누명을 씌운 대가를 말이지요."

대비의 말에 한기가 가득했다. 대비의 신분에 공개된 자리에서 역모라는 말을 들은 건 엄청난 모욕이나 다름없기 때문이다. 그 때문에 그녀의 음성에선 절대 가만두지 않겠다는 의지가 느껴졌다.

"그럴 일은 없을 겁니다. 누명이 아니니."

그때 그레이너가 나섰다. 그는 버켈 백작을 가리켰다.

"근위대장을 통해 모두가 보는 앞에서 보이셨지 않습니까. 국왕을 배신시키고 자신의 말을 따르게 한 것을."

"……!"

배신이란 말에 역모가 거론됐을 때부터 굳어져 있던 버켈 백작의 표정이 더 좋지 않게 변했다. 그에 그가 급히 나섰다.

"국서께서 무언가 잘못 보신 것 같습니다. 배신이라니요. 소신은 그런 적이 없사옵니다."

"훗, 그런 적이 없다고?"

그레이너가 코웃음을 치더니 말했다.

"그럼 이 자리엔 왜 나와 있는 것인가?"

"예? 나와 있다니 무슨……."

"군주의 명에만 움직여야 할 근위대장이 왜 이 자리에 나와 있냐는 말이네."

"그건 좀 전에 로드리오 공작과의 대화에서 이미……."

쾅!

순간, 그레이너가 발로 대전 바닥을 내려찍었다.

그러자 대전에 엄청난 꿍음이 울리더니 사람들을 움찔하게 만들었다. 덕분에 버켈 백작의 말도 끊어졌다.

"이봐, 버켈. 그따위 말도 안 되는 억지가 지금 통할 거라 생각하는 건가?"

"……."

"자네가 그랬지, 전통과 규칙을 무너뜨리는 행위가 깔려 있기에 나서지 않을 수 없었다고. 그걸 자네에게 그대로 이야기해 주고 싶군. 전통과 규칙을 무시하고 국왕이 아닌 다른 사람의 명에 나선 근위대장 버켈, 지금 자네의 행동은 어떻게 해석하면 될까?"

그 말에 버켈 백작의 표정이 딱딱하게 굳었다.

지켜보던 이들의 표정도 덩달아 변했다.

그레이너의 말에 모두 깨달은 것이다.

버켈 백작이 대비의 명에 따른 걸 전통과 규칙을 핑계로 당위성을 설파했는데, 다르게 보니 그가 오히려 전통과 규칙을 무시하고 행동을 한 것이다.

이것은 만약 죄의 경중을 따지면 버켈 백작은 엄청나게 큰 죄를 저지른 것이나 마찬가지였다.

"모두 알다시피 왕실근위대는 오직 국왕의 명에만 따르게
돼 있지. 이건 아즈라 왕국이 만들어졌을 때부터 내려오던 법
칙이자 규칙이다. 그런데 근위대장이란 자가 국왕이 아닌 다
른 사람의 명에 움직여?"

"……."

"말도 안 되는 핑계로 왕실 위기를 운운하며 대비도 명을
내릴 수 있다고 했던가? 국왕과 내가 그런 억지에 '아, 그렇
군' 하고 속을 사람들로 보였나?"

버켈 백작은 아무 말도 하지 못했다. 자기가 한 말이 자신
을 옭아맬 족쇄가 될 줄은 꿈에도 몰랐다.

당연했다. 세력이 강한 대비를 등에 업었으니 모든 것이 유
리해 보였고, 그런 자들에겐 자신에게 유리한 것밖에 보이지
않기 때문이다.

버켈 백작의 표정이 당황한 기색이 역력한 얼굴로 변했다.
그는 어떤 말을 해야 할지 아무것도 생각이 나지 않았다. 그
에 백작의 시선이 칼리 대비를 향했다.

하지만 대비도 이번엔 쉽게 입을 열지 못했다. 그녀도 상황
이 이렇게 될 거라곤 예상치 못했기 때문이다.

그러다 대비가 입을 열었다.

"근위대장의 행동에 실수가 있었다고는 하나, 그것을 역모
와 연관지어 몰아가는 것은 이치에 맞지 않다고 생각하는 군

요. 국서, 그는 왕실을 위해 잠시 내 말대로 움직인 것뿐이니."

"대비마마, 왕실을 위해 움직였다면 마마가 아닌 국왕전하께 물어봤겠지요. 하지만 버켈 백작은 독단적으로 움직였고 모든 것은 대비마마의 명령에 기반했습니다."

"내 명령에 움직였다고 역모가 됩니까? 그렇다면 여기 귀족들도 다 역모가 되겠군요. 내 말에 움직일 테니."

칼리 대비가 대전의 귀족들을 향해 말하자 몇몇이 움찔거렸다. 역모의 범위에 자신들이 들어간 말이었기에 당황한 것이다.

"저들 중에 역모에 가담한 자들도 있겠지요. 하지만 우선 버켈 백작의 경우만 따지자면 상황이 다릅니다. 저들은 어느 파벌에 들어가도 문제가 되지 않는 일반 귀족이지만 버켈 백작은 그러면 안 되는 특수한 신분이니까요. 왜냐하면 그는 국왕의 친위대인 왕실근위대 소속 아닙니까."

"……."

오래전부터 왕실근위대는 어느 파벌에도 속해선 안 된다는 규칙이 있었다. 국왕의 친위대인 만큼 소속 인원이 파벌에 속하게 되면 문제가 생길 수 있기 때문이다.

하지만 왕실근위대에 들어갈 만한 실력자들은 파벌에 속한 귀족가의 인물이 대부분이었고, 그렇기 때문에 이전 국왕들도 그 점을 가지고 문제를 삼지 않았다.

결국 시간이 지나면서 그 규칙은 거의 유명무실해졌고 왕실근위대엔 여러 파벌이 섞여 있는 것이 당연해졌다.

대신 규칙이 규칙이니만큼 드러내놓고 파벌과 연관된 행동을 보이진 않았는데, 버켈 백작이 그것을 깨고 대비의 명에 따라 움직이는 행동을 취한 것이다.

오랫동안 문제 삼지 않았고 유명무실해진 규칙이었기에 대부분 깊이 생각하지 않아 깨닫지 못하다가 그레이너의 말에 모두들 인지하게 된 것이다.

"'왕실근위대는 파벌과 연관되어서는 안 된다' 이것은 왕실근위대가 국왕이 아닌 다른 자의 말에 따라선 안 된다는 뜻이고, 이 규칙을 어긴다는 것은 국왕을 배신한다는 의미, 결국 역모에 해당하는 죄가 되는 것이지요. 자, 이제 왜 전하께서 역모라 했는지 아시겠습니까?"

"……."

결국 칼리 대비의 입도 다물어졌다.

상황이 그녀에게 불리해졌다. 설마 로즈 여왕과 국서가 이런 방법으로 반격을 할 줄은 생각지도 못했다.

반박을 하고 싶지만 어려웠다. 국서의 말에 모든 명분이 있었기 때문이다. 유명무실해졌다고는 해도 사라지지 않은 규칙이기에 무시한 것은 큰 실수였다.

하지만 그렇다고 넋 놓고 있을 수는 없는 법.

"겨우 이것을 가지고 역모라 모는 건 있을 수 없는 처사, 국서가 뭐라 하던 난 인정할 수 없습니다."

그에 버켈 백작도 동조했다.

"소신도 마찬가지입니다. 잠깐의 행동을 근간으로 역모로 몰아가는 건 억울한 일이옵니다. 근위대장으로서 역모의 마음은 물론이고 해당하는 행동도 한 적이 없습니다."

두 사람은 극렬하게 부정했다.

그레이너의 한쪽 입꼬리가 올라갔다.

"부정해도 소용없습니다. 전하와 제가 역모로 본 이상 그것은 역모이니."

대비가 말했다.

"그 말은 강제로 누명을 덮어씌우겠다는 말처럼 들리는군요, 국서."

"강제가 아니라 사실입니다. 거기."

그레이너가 갑자기 누군가를 가리켰다.

한쪽에 있는 근위기사 중 한 명이었다.

그레이너는 그자를 다가오라고 손가락으로 까딱였고 그에 그 근위기사는 즉시 그레이너 앞으로 달려와 한쪽 무릎을 꿇었다.

"부르셨습니까, 국서."

"자네의 이름과 신분을 말해 보게."

"예, 전 위쇼 크리스토퍼 남작이옵니다. 위쇼 남작이라 부르시면 됩니다. 왕실근위대의 부대장을 맡고 있습니다."

"위쇼 남작이군. 반갑네. 내가 왜 자네를 불렀는지 아는가?"

위쇼 남작은 잠시 머뭇거리다 고개를 저었다.

"송구하게도 짐작치 못하겠사옵니다."

"버켈 백작이 대비마마의 명에 따라 나올 때 자네를 봤지. 이제 이유를 알겠는가?"

그 말에 남작이 흠칫 놀란 모습을 보였다. 그러더니 이내 표정이 변하더니 결심한 듯 말했다.

"왕실근위대 모두가 버켈 백작과 같은 뜻을 가지고 있는 것은 아닙니다. 일부는 왕실근위대의 규칙과 규범을 올바로 따르고 있사오니 가담자를 찾음에 있어 국서께서 참작하여주시기를 바라옵니다."

"후후."

그레이너는 버켈 백작이 나설 때 다른 왕실근위대 인물들을 유심히 관찰했다. 그리고 근위대 모두가 백작을 따르는 것은 아님을 알 수 있었다.

그중 위쇼 남작이 강한 거부감을 표했고, 그걸 기억하고 그레이너가 남작을 불러낸 것이었다. 보아하니 그가 왕실근위대 내에서 버켈 백작과 대립하고 있던 인물인 걸 짐작할 수 있었다.

그레이너의 시선이 로즈 여왕을 향했다. 그가 눈으로 묻자 로즈 여왕은 모두가 알아볼 수 있게 고개를 끄덕이며 말했다.

"국서께서 말씀하시지요."

"알겠습니다, 전하. 위쇼 남작, 자네의 말을 감안하도록 하지. 그럼 전하의 뜻에 따라 명령을 내리겠네. 지금부터 대비 마마를 비롯한 버켈 백작과 그 가담자들을 잡아들이게. 하옥 하여 역모죄를 묻도록 할 것이네."

"헉!"

사람들의 표정에 경악으로 물들었다.

결국 최후의 명이 떨어지고 만 것이다.

"예! 분부대로 하겠습니다!"

위쇼 남작은 절도 있게 고개를 끄덕이며 대답하고는 벌떡 일어나 소리쳤다.

"여봐라! 지금부터 역모에 가담한 왕실근위대의 배신자들 을 잡아들여라!"

"예!"

위쇼 남작의 행동은 거침이 없었다.

부하들도 마찬가지였다.

그들은 대상자들에게 달려가 검을 겨눴고, 버켈 백작과 뜻 을 같이한 또 다른 왕실근위 기사들은 당황한 표정을 숨기지 못했다.

"이게 무슨 짓인가요!"

그때 칼리 대비가 나섰다.

그녀는 분노한 얼굴로 소리쳤다.

"내 분명 역모를 인정하지 않는다 했거늘! 감히, 내게 이리 무례하게 행동해도 되는 것입니까!"

그레이너가 고개를 끄덕였다.

"당연히 그래선 안 되겠지요. 위쇼 남작, 대비마마는 처소로 뫼시게. 대신 시종과 시녀는 모두 물리고 기사들을 시켜 아무도 들이거나 나가지 못하게 감시하게."

"알겠습니다!"

그 말에 대비의 표정엔 더욱 분노가 떠올랐고, 뒤에서 지켜보던 브랜던 공작이 화가 나서 소리쳤다.

"국서! 그만하는 것이 좋을 것이오! 더 이상 이리 함부로 행동한다면 우리도 가만있지 않을 것이오!"

그레이너는 미소를 지었다.

"가만히 있지 않으면 어쩔 것이오? 힘으로라도 해보겠다는 말이오?"

"흥! 못할 것 같소이까? 이렇게 강압적으로 나온다면 우리도 무력을 쓸 수밖에! 그렇게 된다면 국서 또한 온전치 못할 것이오!"

전력의 양상만 봤을 때 브랜던 공작의 말은 틀린 것이 없었다. 현재 대전에 있는 자들 중 버켈 백작을 따르는 왕실근위대 기사의 수와 파벌에 속한 귀족들의 수만 해도 두 배 가까이 차이가 났기 때문이다.

또한 그걸 떠나서라도 전체적인 세력의 힘에서 대비에 비할 파벌은 어디도 없었다.

그렇기에 아무리 명분이 강한 여왕파라도 충돌했을 때 받을 피해가 적지 않을 것이고, 온전치 못할 거라는 공작의 말이 허풍은 아닌 것이다.

브랜던 공작의 말이 신호탄이라도 된 걸까?

순간, 대전의 분위기가 달라졌다.

버켈 백작과 동조하는 근위기사들이 순순히 잡혀가지 않겠다는 듯 눈빛이 바뀌었고, 대비도 상황이 이렇게 된 이상 무력을 쓰겠다는 듯 결심어린 눈빛을 했다.

그럴 수밖에 없었다. 그레이너의 뜻대로 된다면 그냥 당하게 될 것이니 말이다.

지금에라도 저항해서 상황을 무마시키면 로즈 여왕도 결국 물러설 수밖에 없을 것이 분명했다. 이미 말했듯이 무력충돌에 의한 여왕파의 피해에 부담이 가지 않을 수 없기 때문이다.

그런데 그때였다.

"후후후후후."

누군가가 나지막하게 웃었다.

대전의 모두가 들릴수록 여유롭게.

이런 일촉즉발의 상황에 어처구니없게도 웃음이라니.

당연히 사람들의 시선은 자연히 그 주인공을 찾게 될 텐데, 그럴 필요가 없었다. 이미 그자를 바라보고 있었기 때문이다.

그 주인공은 바로 국서, 그레이너였다.

그레이너의 웃음에 브랜던 공작을 비롯한 반대쪽 인물들은 얼굴을 찌푸렸다. 왜 갑자기 그가 웃는지 의아함을 느끼는 동시에 알 수 없는 불안함이 감지됐기 때문이다.

이윽고 그레이너가 말했다.

"브랜딘 공작, 전하께서 왜 지금까지 말씀을 아끼셨는지 아시오?"

"……."

공작은 대답을 하지 못했다. 하지만 의문을 느끼긴 했었다. 국서가 위기에 처했는데도 너무 나서지 않았던 여왕이기 때문이다.

"그 이유는 내가 부탁했기 때문이오."

'국서가?'

사람들의 표정이 비슷하게 변했다. 다른 이들도 똑같이 의문을 느끼고 있었던 것이다.

"내가 말했소. 국서 문제를 대비마마께서 나서서 관심을 가지고 있으니 지켜보자고. 지켜보다 보면 의도를 알 수 있을 것이고 그럼 거기에 관련된 자들도 파악할 수 있을 거라고."

"……!"

그랬던 것이다.

그레이너는 그것들을 끌어내기 위해 일부러 대비의 일에 제동을 걸고 방해를 한 것이다. 그것이 당연한 행동이지만 그렇게 했기에 대비가 무리하게 왕실근위대 인물들까지 노출시켜 지금과 같은 상황이 벌어지게 된 것이다.

그 의도를 알자 사람들은 놀라움을 금치 못했다.

그레이너는 말을 이었다.

"예상대로 의도를 파악하고 조력자를 찾을 수 있었소. 국서를 통해 명분의 크기를 늘려 전하를 압박하려 했고, 근위대장이 관련됐다는 것을 확인했지. 그럼 여기서 의문이 생길 것이오. 마지막에 일이 커지고 무력충돌이 일어나는 것은 필연적일 텐데 그건 어떻게 해결하려고 했는지."

"……."

"그건 바로 이것 때문이오."

스릉!

그레이너가 갑자기 검을 빼들었다.

그러더니,

휘뤼리릭!

쿵!

검을 한 바퀴 돌려서는 바닥을 내려찍었다.

"헉!"

사람들의 눈이 커졌다.

그냥 내려찍은 검이 돌로 만들어진 대전 바닥에 가볍게 박혔기 때문이다.

그런데 그 놀람은 얼마가지 않아 경악으로 바뀌었다.

우우우웅!

푸화악!

갑자기 검이 밝아지더니 엄청난 빛을 폭사되었다.

그 빛에 사람들은 고개를 돌렸다가 잠잠해지자 다시 바라 봤는데, 그때 볼 수 있었다.

검을 감싸고 있는 밝은 광채를.

그것을 보고 사람들은 경악성을 내를 수밖에 없었다.

"오, 오러 블레이드!"

그렇다.

그 빛의 정체는 바로 소드마스터의 증거, 오러 블레이드였다.

"그렇다면……!"

"소, 소드마스터!"

사람들은 믿지 못하겠다는 눈빛으로 그레이너를 바라봤다.

오러 블레이드라니, 어느 누가 상상이나 했겠는가.

국서가 소드마스터가 되어 돌아올 줄.

'이럴 수가!'

'국서가 소드마스터가 되었다니!'

누구 할 것 없이 모두 경악에 빠졌다.

소드마스터가 어떤 존재던가.

그야말로 선택받은 소수의 인간만이 도달할 수 있는 그런 경지의 존재 아니던가.

그런 경지에 국서가 도달하다니.

그러다 몇몇 사람들의 눈이 번쩍 뜨였다.

국서가 처음 등장할 때 모습이 떠오른 것이다.

그가 대전에 난입했을 때 아무도 그를 막지 못했다. 아무것도 못하고 로즈 여왕에게 다가가는 걸 바라보기만 했었다.

처음엔 그것이 방심 때문인 줄 알았는데, 이제 보니 소드마스터였기 때문에 어쩌지 못한 것이었다. 그 이유를 이제야 알수 있었던 것이다.

잠시 정적의 시간이 흐르고, 사람들의 표정이 서서히 갈렸다.

여왕파는 기쁨과 환희를.

대비를 비롯한 에드리언과 델핀 파는 절망과 좌절을.

소드마스터의 합류는 힘의 균형을 뒤흔드는 일이었다.

현재 각 파벌마다 한 명의 소드마스터가 속해 있는데, 그레이너가 등장하면서 여왕파에 두 명의 소드마스터가 속하게 되었다.

이것은 두 파벌이 힘을 합치지 않는 한 상대가 될 수 없음을 의미하는 것이고, 힘의 균형이 여왕파에 기울었음을 뜻하는 일이었다.

더구나 여기서 더욱 유심히 봐야 할 건, 다른 사람도 아닌 국서가 소드마스터라는 것이었다.

국서는 신분에 있어서도 다른 세 명의 소드마스터보다 높은데다 다른 파벌이 어떤 방법으로도 꾀어낼 수가 없었다. 다른 이도 아닌 여왕의 남편을 어떻게 꾀어내겠는가.

그리고 가장 결정적인 건 이제 로즈 여왕에게 무형적, 유형적으로 엄청난 방패막이 생겼다는 것이었다. 이전까진 전에 없을 만큼 국왕의 주변이 부실했는데, 국서가 소드마스터가 되어 곁에 돌아왔다는 것만으로 철벽이 된 것처럼 단단해 진 것이다.

이젠 감히 로즈 여왕을 정치적으로 공격하는 것은 물론 우습게 볼 수도 없게 된 것이다.

국서가 소드마스터라는 건 그 정도로 엄청난 변화를 가져오는 어마어마한 사건이 아닐 수 없었다.

"……."

대전이 조용해졌다.

모두 오러 블레이드를 내뿜는 그레이너를 침묵으로 바라보고만 있었다.

당연했다.

무슨 할 말이 나오겠는가.

결국 침묵을 깬 건 그레이너였다.

"공작, 아까 무력을 쓰겠다고 했소이까?"

"……!"

그레이너의 물음에 브랜던 공작이 움찔했다.

소드마스터에게 힘으로 대항한다?

말도 안 되는 일이었다. 자신이 얼마나 오만하기 그지없는 말을 했는지 공작은 그제야 깨달을 수 있었다.

이곳에 있는 모두가 덤벼도 국서에게 상대가 되지 않았다. 전장에 있는 리프나이더 후작이 돌아오지 않는 한 국서는 아무도 상대할 수가 없었다.

그런데 순간,

우우웅!

그레이너의 몸에서 투명한 파장이 흘러 나왔다.

그 파장은 평범한 사람도 눈에 보일 정도로 강렬했다.

푸화아아!

이윽고 파장은 순식간에 대전의 모든 이를 향해 뿜어지는 것이 아닌가.

"으헉!"

"컥!"

찰나, 사람들의 표정이 갑자기 굳어졌다.

파장이 엄청난 압박을 주며 모두에게 들이닥쳤기 때문이다.

여자인 대비도 예외는 없었다.

'이, 이것이 소드마스터의 기운?'

'엄청나구나!'

사람들은 똑똑히 느꼈다.

소드마스터가 내뿜는 기세가 얼마나 무시무시한지.

기운이 몸을 스치고 지나가는 것만으로 엄청난 압박감이 자신들을 옭죄었다.

이건 평범한 사람뿐 아니라 무력을 가진 기사들도 똑같이 느꼈다.

때문에 대항을 준비하던 버켈 백작 등은 사색이 되고 말았다.

소드마스터의 힘이 강한 건 알고 있지만 이 정도일 줄은 상상도 하지 못했기 때문이다.

결국 모든 이가 경이와 두려움으로 그레이너를 바라보게 되었고, 이내 그는 공작에게 하던 말을 마저 끝냈다.

"대항하고 싶으면 하시오. 무력을 쓰고 싶으면 쓰시오. 대신 각오하는 것이 좋을 것이오. 대항을 시작하는 그 순간, 내가 나설 것이고 그럼 그 상대가 누구든 절대 간단하게 죽이진 않을 것이니."

"……."

꿀꺽.

브랜던 공작에게 하는 말이었지만 이건 곧 모두에게 하는 경고였다.

그 때문에 다른 파벌의 귀족들이 마른 침을 삼켰다.

그냥 하는 말이 아닐 것이 분명했다. 지금까지 당한 것이 있지 않은가. 아마 작은 꼬투리라도 잡게 된다면 국서는 그걸로 자신들을 파멸로 몰아넣을 것이 확실했다. 자신들이 국서 입장이라도 그리할 테니.

결국 반발하려던 귀족들의 눈빛이 사그라졌다.

그리고 버켈 백작을 비롯한 동조 기사들도,

땡그랑!

철커덩!

무기를 내려놨다.

이미 국서가 소드마스터임을 밝히면서 전의를 잃었지만

방금 발언으로 인해 의지까지 죽어버렸다.

그레이너가 내뿜었던 기세는 어느새 사라졌고, 결국 브랜던 공작은 고개를 숙이면서 자신의 대답을 대신했다.

그레이너는 마지막으로 칼리 대비에게 물었다.

"대비마마, 처소로 모셔도 되겠습니까?"

"……."

대비의 얼굴이 딱딱하게 굳었다. 좀 전 국서에게 하려던 것을 오히려 자신이 당하게 되어버리고 말았다.

그녀의 노려보는 시선에 그레이너는 미소로 답했다. 그러며 명을 내렸다.

"위쇼 남작, 대비마마께서 처소로 가신다는 군. 뫼시게."

"예, 알겠습니다."

"……."

칼리 대비는 질끈 입술을 깨물며 주먹을 부르르 떨었다. 그러더니 신형을 돌렸다.

바로 위쇼 남작의 명령이 떨어지며 몇 명의 기사가 붙었고, 대비는 그들과 함께 대전을 나갔다.

대비가 사라지자 나머지는 알아서 정리가 되었다. 버켈 백작을 비롯한 동조 근위기사들은 연행에 저항하지 않았고, 자리를 박차고 일어났던 경쟁 파벌의 귀족들은 조용히 착석했다.

귀족들은 긴장된 눈으로 그레이너를 바라봤다. 대비를 처리한 국서가 다음엔 누구를 처단할지 눈치를 살폈다.

"갑시다."

그런데 국서의 다음 행보는 예상과 달랐다.

또 다른 누군가를 지목해 조치를 취할 거란 추측과는 달리 그냥 퇴장하려는 것이 아닌가.

임신한 로즈 여왕을 일으켜 부축하려 했다.

그에 로드리오 공작이 나섰다.

"국서, 끝난 것이 옵니까?"

공작은 자리를 마련한 상황이니 분위기를 사로잡았을 때 다른 자들도 정리하기를 바랐다.

그레이너는 로즈 여왕을 부축한 후 말했다.

"로드리오 공작님."

"예, 국서."

"오늘만 날이 아니지 않습니까."

그레이너는 이미 공작의 생각을 짐작한다는 듯 담담히 답했다. 많은 뜻을 내포하고 있는 그레이너의 말을 못 알아들을 공작이 아니었다.

'그래. 국서가 소드마스터가 되어 돌아온 이상 언제 정적들을 정리하던 상관없다. 중요한 건 여왕파가 완전히 왕실의 실권을 잡았다는 점 아닌가.'

공작은 고개를 끄덕이며 말했다.

"그렇지요. 오늘만 날이 아니지요. 국서의 뜻, 충분히 알아들었사옵니다. 그럼 이만 들어가 쌓인 여독을 푸시지요. 조만간 찾아뵙도록 하겠습니다."

그레이너가 고개를 저었다.

"아니, 그럴 필요 없습니다. 내일 다시 오늘과 똑같이 보도록 하지요."

"예? 내일 말입니까?"

공작의 표정이 의아하게 변했다. 급할 것 없이 천천히 하자는 듯이 말해놓고 이게 무슨 말이란 말인가.

그레이너가 답했다.

"제가 돌아왔으니 전말을 들어야 할 것 아닙니까. 군주학살사건에 대한 모든 걸."

"아!"

국서 문제와 대비 대립 등의 사건 때문에 그것을 잊고 있었다. 생존자인 국서에게 군주학살사건의 전말을 들어야 하지 않는가.

그레이너는 그 말을 끝으로 로즈 여왕을 에스코트하며 대전을 나갔다.

그 뒤로 수행원들이 붙었고 사람들은 파벌에 따라 각양각색의 표정으로 그 모습을 바라봤다.

CHAPTER **04**
소문의 힘

"받으시오."

로즈 여왕의 처소.

그레이너와 로즈 여왕은 다른 이들을 모두 물리고 둘만의 자리를 만들었다.

둘만 있게 되자 그레이너는 상자 하나를 건넸다.

"이게 뭔가요?"

궁금한 게 많은 로즈 여왕은 질문을 꺼내기도 전에 그레이너가 내미는 상자에 의아함을 표할 수밖에 없었다.

상자는 크지 않았다. 성인 남자 손바닥 두 배만 하다고 할까.

"데미안이오."

"……!"

흘리듯 말하는 그레이너 발언에 로즈 여왕의 몸이 순간 움찔했다.

'데미안 님?'

상자를 들고 있는 그녀의 손이 떨리면서 눈동자가 서서히 커졌다. 그녀는 마른 침을 삼키며 한참 상자를 뚫어져라 바라보더니 이윽고.

스륵.

상자의 뚜껑을 열었다.

안에는 하얀 가루가 담겨 있었다.

오돌토돌 크기가 제각각인 가루가.

아니, 가루라기보다는 알갱이라고 할까.

그것이 뭔지 로즈 여왕은 알 수 있었다.

"흐흐흑……"

여왕이 눈물을 흘리며 상자를 끌어안았다.

구슬프고 애처로운 흐느낌이 방 안을 울렸다.

그레이너는 창가로 가 조용히 바깥 풍경을 바라봤다.

그렇게 방 안엔 로즈 여왕의 울음소리만이 나지막이 들릴 뿐이었다.

*   *   *

"감사해요."

한참이 지난 후, 마음을 진정시킨 로즈 여왕은 고개 숙여 감사의 인사를 했다. 간단한 인사였지만 많은 의미가 담겨 있음을 그레이너는 모르지 않았다.

그레이너는 담담하게 말했다.

"중요한 정보를 접한 나는 연합 회담이 열리는 크로스비 중립 지역으로 급히 향했었소. 도착하자마자 회담 장소로 향했고 그곳에서……."

그는 자신의 행적을 이야기하기 시작했다. 로즈 여왕이 알고 싶은 게 뭔지 굳이 듣지 않아도 알기 때문이다.

여왕은 조용히 그레이너의 이야기를 들었다.

그레이너는 그날의 행적을 숨김없이 말해주었다. 크로스비 중립 지역에 도착해서 어떻게 데미안을 발견했고 동생이 죽임을 당하게 되었는지 말이다.

로즈 여왕은 하얗게 질린 얼굴로 몸을 덜덜 떨었다.

생생한 이야기에 남편의 죽음이 더욱 가슴 깊이 파고들어 마음을 아프게 했지만, 자신은 들어야 할 의무가 있기에 입술을 깨물며 참았다. 잠시 후, 모든 이야기가 끝이 나자 로즈 여왕은 다시 유골함을 바라봤다.

그녀는 유골함에서 눈을 떼지 않고 물었다.

"로젠블러라는 자가 죽었단 거군요."

"그렇소."

"지금 어디에 있죠?"

"그건 알 수 없소."

"제 손으로 데미안 님의 복수를 하고 싶어요."

"당신이 지금 직접 복수할 여력이 있다 보시오?"

"……."

로즈 여왕은 대답하지 못했다.

나라를 통치하고 파벌 싸움만으로도 힘든 그녀였다. 대비와의 싸움에서 그레이너에 의해 상황이 역전됐다고는 하지만 아직 완전히 마음을 놓을 수준은 아니었다.

거기다 중요한 건 그레이너를 데미안으로 알고 있는 만큼 로즈 여왕은 로젠블러에게 복수할 만한 명분이 없었다. 무리하게 움직이다간 의심만 살 뿐이었다.

"그럼 그냥 지켜보기만 하라는 건가요? 데미안 님이 어떻게 죽었는지, 또 죽인 자를 알고 있는데도 말이에요?"

"당연히 복수를 해야 할 것이오. 하지만 신분이 신분인 만큼 물리적으로 할 수 있는 직접적인 복수가 아니라 간접적으로 행동하란 것이오."

"간접적으로요?"

"당신은 지금 왕의 신분이오. 복수를 하겠다고 원수를 찾아 나서겠다는 건 말도 안 되는 행동. 직접적인 것은 내가 할 것이니 당신은 간접적으로 도움을 주시오."

그 말에 로즈 여왕은 입술을 깨물었다.

그레이너의 말은 틀리지 않았다. 실질적으로 그녀가 직접 무언가를 할 수가 없었다. 임신한 상태인데다 왕위를 비우기도 어려운 상황 아닌가.

그럼에도 불만이 있는 건 복수심 때문이었다. 연약한 여자라고 어찌 복수심이 없겠는가. 그것도 사랑하는 사람을 잃었는데.

로즈 여왕은 잠시 생각하더니 말했다.

"그렇다면 그자의 죽음을 내 눈으로 직접 보고 싶어요."

"그건 불가능하오."

"왜죠? 잡아와서 이곳에서 처형을 하면 되잖아요?"

"말하지 않았소. 그자가 바로 블랙 클라우드의 마스터란 걸. 생포란 가능한 선택지가 아니오. 결과는 둘 중 하나, 죽이든지 죽든지, 그것뿐이오."

"……."

로즈 여왕은 그레이너가 강한 사람이란 걸 알고 있었다.

그런 그가 이렇게 말할 정도면 복수가 쉬운 것이 아님을 느낄 수 있었다.

특히 그레이너는 데미안이 죽은 이후 상황에 대해선 말하지 않았다.

동생의 죽음을 목격한 형이 가만히 있었을 리는 만무한 법.

무슨 일이 있었을 것이고 그레이너도 어쩌지 못했기에 복수를 하지 못한 것이 분명했다.

결국 그녀는 더 이상 요구하지 않았다.

"알겠습니다. 그레이너 님의 뜻에 따르도록 하겠어요."

그레이너는 고개를 끄덕였다.

그러며 역시나 그녀가 많이 변했음을 알 수 있었다.

보통의 평범한 여자들은 이렇게 냉정하게 상황을 파악하고 받아들일 수 없을 것이기 때문이다.

"이제 제가 어떻게 하면 될까요?"

이윽고 로즈 여왕이 물었다.

그에 그레이너의 말이 시작되었고, 한동안 대화가 진행되었다.

그리고 다음날이 되었다.

*　　　*　　　*

왕성의 대전.

아침임에도 불구하고 대전엔 어제와 같이 많은 이들을 자리를 하고 있었다. 그 이유는 어제 내린 그레이너의 명령 때문이었다.

"……."

그런데 평소와 달리 대전은 너무나도 조용했다. 웬일인지 대화를 나누는 사람이 아무도 없었다.

연유는 어제의 사건, 아니, 충격 때문이었다. 돌아온 국서와 그가 보인 오러 블레이드로 인해 모두 엄청난 충격에 빠진 것이다.

가장 충격을 받은 것은 역시나 경쟁 파벌인 에드리언, 델핀 두 공작파였다. 지금까지 적대적으로 대해 온 상대가 엄청난 힘을 가지고 돌아왔으니 자신들의 앞날을 불안하게 여기는 것은 당연했다.

반면 어제까지만 해도 죽을상이었던 여왕파는 미소를 짓고 있었다. 다른 사람도 아닌 국서가 소드마스터가 되어 돌아오면서 형국이 완전히 역전이 됐기 때문이다. 이제는 더 이상 힘없이 굴욕 당하지 않는단 생각에 한없이 즐거워지는 여왕파 귀족들이었다.

"전하와 국서께서 들어오십니다!"

잠시 후, 로즈 여왕과 그레이너가 대전에 도착했다는 소식이 대전에 알려졌다.

우르르.

그에 대신들이 모두 자리에서 일어나 예를 취했고 곧이어 로즈 여왕과 그레이너가 나타났다.

저벅, 저벅.

천천히 대전을 들어선 로즈 여왕은 주변을 둘러보곤 이채를 띠었다. 이유는 예를 취하고 있는 대신들의 모습이 어제와 달랐기 때문이다.

대신들이 평소와 달리 굉장히 공손하고 조심스러운 느낌

으로 자세를 취하고 있었다. 어제까진 형식적이었다면 오늘은 경각심 가득한 모습이라 할 수 있었다.

국서가 소드마스터가 되어 돌아왔다는 것 하나만으로 상황이 이렇게 반전이 되다니. 이걸 보니 역시 힘이라는 것이 얼마나 대단한지 그녀는 세삼 느낄 수가 있었다. 자신을 돕기 위해 와준 그레이너가 고마워지는 그녀였다.

이내 로즈 여왕과 그레이너가 왕좌에 앉자 다른 이들도 모두 다시 자리에 앉았다.

로즈 여왕이 말했다.

"오늘 이 자리의 주체는 국서이시기에 모든 걸 국서께 맡기겠어요."

그 말에 그레이너가 앞으로 나섰다.

그는 사람들을 주욱 바라봤는데, 사람들은 감히 똑바로 쳐다보지 못했다. 어제의 신위를 목격해서인지 더 이상 깔보거나 얕잡아 보는 이가 아무도 없는 것이다.

이윽고 그레이너가 입을 열었다.

"어제 내가 한 말이 있으니 왜 이런 자리를 마련했는지 모두 알 것이오. 오늘 난 여러분께 진실을 알려주려고 하오."

사람들의 눈빛에 의문과 기대가 자리 잡았다. 군주학살사건의 전말은 지금까지 아무도 알지 못했기에 그레이너가 무슨 이야기를 해줄지 적아를 막론하고 기대를 품을 수밖에 없었다.

"현재 군주학살사건에 대해 알려진 것은 연합 회담 자리에서 동국과 서국이 충돌을 일으켜 서로 살육을 벌인 것으로 밝혀져 있소. 하지만 그건 거짓이오."

"헉!"

"거, 거짓?"

대전이 소란스러워졌다.

지금 전쟁이 일어난 까닭이 무엇이던가. 바로 서로 살육을 일으켜 군주들이 죽었기 때문 아니던가. 그런데 그것이 거짓이라니.

대전의 모두가 놀라 충격에 빠지고 말았다.

로드리오 공작이 물었다.

"국서, 거짓이라니요? 그럼 서로 죽인 게 아니란 말입니까?"

"그렇소이다. 실제 회담에선 동국과 서국, 그 어느 쪽에서도 분란이나 다툼은 없었소. 오히려 차분하게 회담이 진행되었소이다."

"아니, 그럼 도대체 어떻게 그런 일이 벌어진 겁니까?"

"침입자들의 공격을 받았소."

"그럴 수가!"

사람들은 크게 놀란 반응을 보였다.

양진영이 만난 자리에서 침입자들의 습격을 받다니.

제3의 세력에 공격을 받은 일은 처음 있는 일이었다.

"그 침입자들이 누구입니까?"

"블랙 클라우드의 잔당이오."

"블랙 클라우드?"

"아니, 블랙 클라우드라면……!"

사람들의 표정이 변했다.

블랙 클라우드를 모르는 자는 없었다. 멸망했다고는 하나 최고의 어쌔신 단체였는데 어찌 모르겠는가. 놀란 것은 멸망했다고 하는 그들이 어찌 회담 장소를 습격했느냐였다.

"그들이 왜 연합 회담을 습격한 것입니까?"

"자신들을 멸망시킨 서국 연합 때문입니까?"

"도대체 무슨 일이 있었던 겁니까?"

갑자기 여기저기서 질문이 쏟아져 나왔다.

당연했다. 진실이 밝혀지니 궁금증은 점점 더 커질 수밖에 없었다.

"지금부터 모든 것을 이야기할 테니 잘 듣기 바라오."

그레이너는 사람들을 진정시킨 다음 본격적으로 이야기하기 시작했다.

그는 로즈 여왕에게 한 것과는 달리 약간의 각색을 거쳐 이야기를 했다. 데미안의 입장으로 설명을 해야 하고 자신과 관련된 것은 숨겨야 하기 때문이다.

이야기가 진행될수록 사람들의 표정은 시시각각 변했고, 군주들이 죽어나가는 부분에서는 모두 경악을 금치 못했다.

잠시 후, 이야기는 끝이 났다.

"……."

대전은 침묵에 휩싸였다.

진실을 알고 나니 전쟁을 비롯한 지금까지의 모든 일을 어떻게 해야 할지 나름대로들 생각을 하는 것이다. 그러다 가장 먼저 정신을 차린 스트롱 백작이 발언을 시작했다.

"국서, 이 사실을 지금 당장 동국연합과 서국연합 전체에 알려야 합니다. 두 연합 모두가 블랙 클라우드의 계략에 놀아났다는 것을 알리고 전쟁을 멈춰야 합니다."

"맞습니다!"

사람들은 백작의 말에 동의했다. 몇몇 인물들은 전쟁을 멈출 수 있다는 것에 크게 고무된 표정들이었다.

한데 그 말에 그레이너는 고개를 저었다.

"소용없을 것이오."

그레이너의 대답에 사람들의 표정이 변했다. 전혀 생각지 못한 답이었기 때문이다.

"그게 무슨 말씀이십니까, 소용없다니요?"

"여러분은 내 말을 의심하지 않겠지만 다른 나라는 다를 겁니다. 특히 서국 연합. 그들은 내가 왕국을 살리기 위해 거짓말을 한다고 짐작할 것이 분명합니다."

"아니, 그건……."

"알다시피 현재 가장 전력이 약한 나라, 가장 위기에 처한 나라가 바로 우리 아즈라 왕국입니다. 내 생환에 놀랍다는 반응을 보이겠지만 그들 입장에선 수작을 부린다고 생각할 확률이 높습니다."

사람들의 표정이 심각해졌다. 들어보니 틀린 말이 아니었다.

그런 그들을 향해 그레이너가 다시 말했다.

"그러니 우리는 다른 방법을 써야 합니다."

'다른 방법?'

로드리오 공작이 물었다.

"생각해 놓으신 게 있는 겁니까?"

"예, 우리가 알리는 것이 아니라 저들이 저절로 알게 하는 거지요."

"저절로 알게 한다고요?"

"그렇습니다. 우리가 알리면 저들은 우리를 의심하겠지요. 그런데 반대로 저들이 자체적으로 알게 된다면 저들은 사건을 의심하게 될 겁니다."

맞는 말이었다. 어떤 계기로든 진실을 알게 된다면 사건을 의심하게 될 것이고 실상을 파헤치려 할 것이었다. 충분히 가능한 방법이었다.

"좋은 방법입니다. 그럼 서국 연합이 진실을 알 수도 있도록 은밀하게 움직여야 되겠군요."

그레이너가 고개를 저었다.

"우리가 나서서는 안 됩니다. 아무리 은밀히 하더라도 서국 연합 전체가 정보 진원지를 찾아내려 한다면 들키고 말 겁니다. 그럼 저들은 그냥 알려주는 것보다 더 심한 불신을 가지게 될 겁니다. 안 하느니만 못한 결과를 낳게 되는 것이죠."

"그렇겠군요. 듣고 보니 생각보다 쉽지 않은 상황으로 보이는군요."

진실을 알면서도 함부로 밝히기 어렵다는 사실에 로드리오 공작은 얼굴을 찌푸릴 수밖에 없었다.

그리고 그건 대전의 다른 이들도 마찬가지였다. 답답한 건 딱히 좋은 방법이 떠오르지 않는다는 것이었다.

그때 그레이너가 말했다.

"고민하지 않아도 됩니다. 이미 손을 써 놓았으니."

로드리오 공작의 눈이 커졌다.

"예? 그게 사실입니까?"

"그렇습니다. 아마 조만간 서국 연합뿐 아니라 포이즌 우드 대륙 전체에 알려지게 될 겁니다. 우리는 이후에 일어날 일을 대비해서 기다리기만 하면 됩니다."

"아니, 어떻게……."

"방법은 묻지 마십시오. 이제 시작인 상황이니 우리부터 조심해야 하지 않겠습니까."

"……."

공작은 그 의미를 알 수 있었다. 혹시라도 다른 파벌이 국서가 준비한 것을 망칠 수도 있음을 뜻하는 것이다. 국서가 이리 말하니 사람들은 의문을 느꼈지만 더 이상 묻지 않았다.

결국 그것을 끝으로 회의는 마무리가 되었고, 로즈 여왕은 명을 내려 그레이너의 계획에 따라 준비하라 일렀다.

그렇게 며칠이 더 지난 후.

놀랍게도 그레이너가 장담한 상황이 벌어지기 시작했다.

그에 아즈라 왕국은 행동에 들어갔다.

*　　*　　*

연합전쟁으로 흉흉한 와중, 포이즌 우드 대륙에 하나의 소문이 떠돌기 시작했다.

연합 회담에서 군주들이 죽은 이유는 상잔이 아니었다. 바로 블랙 클라우드가 죽인 것이다!

처음 소문은 그다지 퍼지지 않았다. 소문을 접한 사람들이 터무니없다 여겼기 때문이다. 서로 상잔하여 전쟁까지 일어난 마당에 블랙 클라우드가 거론되는 건 일종의 유언비어나 음모론으로 생각하는 인식이 강했던 것이다.

하지만 가랑비에 옷이 젖듯, 시간이 지나면서 더 많은 사람들에게 알려지자 시선이 변하기 시작했다.

군주들이 죽은 정황이 처음 밝혀진 내용보다 블랙 클라우드의 습격을 당해 죽었다는 소문이 더 설득력이 높아 믿기 시작하는 사람들이 불어나 버린 것이다.

아무리 음모론이라도 많은 사람들이 믿기 시작하면 무시 못 하는 법. 결국 소문은 더더욱 퍼져나갔고, 마침내 전쟁터에까지 알려지고 말았다.

전쟁터는 다른 곳보다 더욱 소문에 민감한 곳.

블랙 클라우드에 의해 군주들이 죽었다는 소문에 각 군은 서서히 동요하기 시작했다. 이건 직급에 상관이 없었다. 왜냐하면 소문이 사실이면 자신들은 계략에 놀아나 전쟁을 치르고 있는 상황이 되기 때문이다.

지휘관들은 신분이 신분인 만큼 소문을 단속하라 명했지만 그들도 쉽사리 의심을 지울 수는 없었다. 그들이 그러하니 병사들이라고 다를 리가 없었다.

그 결과, 소문은 전투에도 영향을 미쳤다.

계략에 의해 벌어진 전쟁이란 인식이 박히기 시작하자 목적이 희미해졌고 그로 인해 의욕이 사라진 것이다. 때문에 적아를 떠나 형식적인 전투가 많아졌다.

결국 동국, 서국 연합의 각 군 지휘관들은 본국에 진상 규명을 요구할 수밖에 없었다. 소문이 진실이든 거짓이든 이것이 해결이 되지 않으면 전투를 치르기 힘들 정도가 된 것이다.

하지만 어느 나라도 명확한 대답을 해줄 수 없었다. 본국 역시 상잔으로 알고 있고 진실을 알지 못하는데 어떻게 대답을 하겠는가.

할 수 있는 거라곤 소문을 믿지 말라는 서신뿐이었다.

그렇게 모든 전쟁터가 소문으로 어수선한 와중, 생각지 못한 일이 벌어졌다.

한 소식이 모든 나라에 알려진 것이다.

군주학살 사건에서 실종되었던 데미안 국서가 아즈라 왕국에 귀환했다!

그것은 모두를 놀라게 만들었다.

군주학살 사건에 생존자가 나타나다니. 누구도 예상치 못한 일이었다.

그에 동국, 서국 연합 각국은 급히 사신을 보냈다.

생존자는 다르게 말하면 목격자.

그렇지 않아도 궁금했던 소문의 진실을 데미안 국서에게 묻기 위함이었다.

결국 수많은 사신이 아즈라 왕국으로 모여들었고, 아즈라 왕국은 그들을 맞이했다.

마치 기다리고 있었다는 듯.

CHAPTER **05**
디로드의 행적

"살려주세요! 제발 살려주세요!"

"안 돼! 가기 싫어!"

어두운 밤이지만 대낮같이 불이 밝혀진 어느 저택.

단단한 체구에 남성으로 보이는 일련의 인영들이 어딘가를 향하고 있었다. 그런데 잘 보니 남성들은 각각 한 명씩 젊은 여인들을 맡아 끌고 가고 있었다.

여인들은 끌려가기 싫은 듯 애원과 반항을 해보았지만 남성들의 꿈쩍도 하지 않았다. 귀가 찢어져라 비명까지 질러보았지만 감정 없는 인형처럼 묵묵히 끌고 갈 뿐이었다.

그런 일행의 맨 앞에는 한 남자가 앞장서고 있었는데, 자세히 보니 상당히 익숙한 얼굴이었다.

그자는 바로 얼마 전 아비게일 후작을 만났던 에티안의 사자 중 한 명, 펠튼이었다. 펠튼은 무표정하게 선두를 이끌더니 잠시 후 어떤 곳에서 멈춰 섰다. 멈춰선 곳은 정원에 자리 잡은 커다란 연못이었는데 황당하게도 연못 안에 누군가가 들어가 있었다.

그런데 그 누군가가 평범한 존재는 아닌 것으로 유추됐다. 그렇게 본 이유는 인간으로 보이지 않을 정도의 거한이었기 때문이다.

그자는 그야말로 어마어마한 덩치를 자랑하고 있었는데, 그 때문에 상당한 크기의 연못이 작아 보일 정도였다. 얼핏 오우거가 아닐까 생각될 수도 있는 모습이었지만 분위기나 형태로 보아 몬스터는 아닌 듯했다.

"꺄아악!"

"사, 살려주세요!"

그런 거한의 존재를 보자 여인들은 비명을 질렀다. 한 밤 중에 사람같이 느껴지지 않을 정도의 커다란 덩치를 목격해 놀랐다 여길 수도 있겠지만 그러기엔 반응이 심히 심상치 않았다.

스윽.

그때 펠튼이 연못 쪽으로 턱짓을 했다.

그러자 남성들이 고개를 끄덕이더니 가차 없이 여자들을 연못으로 던졌다.

"아아악!"

"꺄악!"

첨벙! 첨벙!

철퍽! 철퍽!

여자들은 연못에 처박히더니 비명을 지르며 허우적댔다.

얼마 있지 않아 몇몇이 중심을 잡고 일어섰는데 대충 가슴 정도까지의 높이로 익사할 정도의 깊이는 아니었다. 그것에 잠깐 안도의 눈빛을 보였지만,

"흡!"

이윽고 언제 그랬냐는 듯 입을 꽉 다물며 거한을 주시했다.

거한을 정면에서 본 탓일까?

여인들이 덜덜 떨기 시작했다. 눈빛에 공포심이 가득한 것이 끌려올 때완 비교가 되지 않았다. 마치 보지 말아야 할 것을 본 분위기랄까.

한데 그때였다.

"끼아아아아!"

한 여인이 갑자기 찢어지는 듯한 비명을 질렀다.

자연히 여자들의 시선이 모두 그 여인을 향했다.

"피! 피! 피!"

비명을 지른 여인은 '피'를 계속 외치며 자신의 몸을 털어 댔다. 이상한 행동을 하는 그 여인의 모습에 다른 여인들은 어떠한 반응도 보일 수 없었다. 그냥 극심한 공포에 정신이

나간 게 아닌가 유추할 뿐이었다.

그런데 그러던 와중, 하나둘 여인들의 시선이 물로 향했다. 비명을 지르는 여인의 시선이 줄곧 물을 향하고 있었기 때문이다. 거기에 몇몇 여인들은 물을 손으로 떠 확인까지 해보았다.

"허억!"

"꺄아아악!"

"피! 피!"

그러자 갑자기 똑같이 비명을 지르기 시작하는 것이 아닌가.

그 이유는 바로 연못의 물에 답이 있었다.

사실 연못의 물은 물이 아닌 피였던 것이다.

불이 환하게 비춰져 있다고는 하나 어두운 밤이었기에 물과 피를 구분하지 못하다가 그제야 알게 된 것이다. 여인들은 이윽고 하얗게 질리더니 연못 밖으로 뛰쳐나가려 했다.

"살려주⋯⋯!"

그런데 그때였다.

부아앙!

갑자기 허공에서 거대한 도끼가 나타나더니 여인들을 휩쓸고 지나갔다.

쑤아아앙!

첨벙!

철픽!

그러자 여인들이 실 끊어진 인형처럼 비명도 없이 쓰러졌다. 그런데 모습이 이상했다. 굉장히 큰 도끼가 휩쓸고 지나 갔음에도 여인들에겐 생채기 하나 없었던 것이다.

붕붕붕!

척!

이내 도끼는 주변을 돌더니 다시 처음의 자리로 돌아갔다.

연못에 처박힌 여인들에게서 더 이상의 움직임은 없었다. 아마도 죽은 것이 아닐까 추측이 되었다.

스르르르르.

이윽고 여인들의 몸이 미끄러지듯 한쪽으로 움직였다. 마 치 누군가 움직이는 것 마냥 동시에 말이다. 모르는 사람이 보면 귀신의 짓으로 착각할 만한 모습이었다.

그런데 그 방향이 절묘했다.

바로 거한을 향하고 있었다.

놀라운 건, 거한의 왼편에 도끼가 세워져 있다는 것이었다.

이내 여인들의 몸이 나란히 거한 앞에 섰다. 정말 귀신이 조종하는 것 같았다.

척!

거한이 여인 하나의 허리를 잡아 들어올렸다.

손이 얼마나 큰지 여인의 허리가 감싸 쥐어질 정도였다.

여인에게 움직임은 없었다. 그로 인해 죽었다는 것을 확실 히 알 수 있었다.

"최악이군."

거한이 처음으로 입을 열었다.

말이 어눌하지 않고 담담한 것으로 보아 몬스터가 아닌 것은 명료해 보였다.

그런데 한 가지 큰 특징이 있었다. 목소리가 굉장히 굵다는 것이었다. 마치 땅속 밑바닥에서 울리는 저음이라고 할까?

단 한 마디였지만 저절로 몸을 움츠러들게 만들 만한 기운을 담고 있었다.

"언제까지 이따위 맛없는 고기를 가져올 셈이냐?"

거한이 누군가를 향해 물었다.

그 대상이 펠튼인지 그가 답했다.

"원하시는 걸 공급하기 위해 움직이고 있는 중입니다. 조금만 더 기다려주십시오."

"흥!"

펠튼이 고개를 조아리며 부탁했지만 거한은 코웃음만 칠 뿐이었다.

그러더니 이내.

꽈득!

우드득!

손에 쥐고 있던 여인을 입에 가져가 목덜미를 물어뜯었다.

피슛!

피가 솟구치며 목뼈와 어깨뼈, 내부가 드러났다.

와드득!

꽈드득!

거한은 여인의 시신을 먹기 시작했다.

끔찍하게도 식인을 하는 것이다.

펠튼은 그것을 보면서도 놀라지 않았다. 이미 알고 있는 것인지 감정의 변화 없이 그대로 물러났다.

한데 몇 발자국 떼지 않았을 때,

"잊지 말아라. 내가 이곳에 온 이유 중 하나가 무엇인지를."

"……"

그에 펠튼은 다시 한 번 고개를 숙이고는 그 자리를 떠났다.

거한과 멀어지는 펠튼의 얼굴은 심각할 정도로 굳어 있었다.

＊　　＊　　＊

"언제까지 이 짓을 해야 합니까?"

저택의 어떤 방에 들어선 펠튼, 그는 방에 들어서자마자 누군가를 향해 물었다.

그 대상은 바로 한 노인이었다. 노인은 기도를 하는 중인 듯 눈을 감고 두 손을 모은 자세로 조용히 서 있었다. 노인은 그대로 답했다.

"뭘 말하는 것인가?"

"라단족 전사들에게 인간을 바치는 일 말입니다."

그 말에 기도를 하던 노인이 눈을 떴다. 노인은 고개를 돌려 펠튼을 바라봤다. 그의 얼굴엔 인자한 미소가 가득했다.

"그거야 일이 끝날 때까지 아니겠는가."

"언제 끝날지 모르는 일 아닙니까. 그때까지 계속 이런 짓을 해야 한단 말입니까?"

"당연한 것 아닌가."

"너무 많은 인간이 희생됩니다. 지금까지 희생된 수만 해도 수백에 달합니다."

"허허허허, 그게 무슨 문제가 되는가. 빛의 전사인 저들에게 자신의 몸을 내어주는 그것이야 말로 축복 아닌가. 타락한 인간들에겐 오히려 은총이고 은혜로운 일이지."

"……."

"그나저나 아이들을 더 구하지 못했는가?"

"…알아보고 있는 중입니다."

"저들의 요구사항 중 가장 첫 번째가 바로 아이들이네. 빠른 시일 내에 수급하도록 하게."

"알겠습니다."

"그만 물러가 주게나. 기도를 마무리하고 싶군."

"예……."

이윽고 펠튼은 예를 취하고는 물러났다.

방을 빠져나온 펠튼의 표정은 상당히 굳어 있었다. 그가 이런 모습을 보이는 이유는 최근 자신의 행적과 깊은 연관이 있었다.

집행관 알사우스의 요청에 의해 라단족 1전사들을 영접한 후, 접대를 펠튼이 맡고 있었다.

라단족 1전사들은 요청에 의해 온 것인 만큼 바라는 것이 있었는데, 그것은 바로 음식이었다. 그들은 자신들이 원하는 음식을 원했고, 그것만 충족이 된다면 다른 것은 필요치 않다고 했다. 문제는 그들이 원하는 음식이 평범한 것이 아니란 점이었다.

인간.

라단족 전사들은 인간을 원했던 것이다.

라단족은 다른 종족과 달리 유일하게 식인을 하는 종족이었다. 오직 육식만을 하는데 그중 식인이 주 먹거리였고, 인간, 엘프, 드워프, 오크 등 종족을 가리지 않았다. 그래서 모든 종족이 라단족을 적대시했다.

그런 라단족이 가장 좋아하는 먹거리는 바로 아이들이었다.

라단족에게 아이는 그야말로 별미이자 진미.

바로 그런 이유로 라단족 전사들은 도움의 대가로 아이를 원했고, 집행관 알사우스는 그것을 받아들인 것이다.

초기 며칠은 약속대로 아이들을 주었다.

그때 펠튼은 볼 수 있었다.

라단족이 식인을 하는 모습을.

그는 충격을 받지 않을 수 없었다. 그냥 식인을 목격하는 것도 충격적인데 아이를 먹는 장면이라니.

만약 다른 장소에서 그런 것을 봤다면 그는 당장 무기를 빼들어 상대를 죽였을 것이다. 한데 그런 극악무도한 일을 자신이 주도하고 있는 것이다.

그는 복잡한 심경을 느껴야 했다.

빛을 섬기는 에티안의 일원으로서 마땅히 해야 할 일이지만 인간으로서의 엄청난 죄책감이 그를 옭죄었다.

고민하던 펠튼은 집행관을 설득해 없던 일로 만들어보려 했는데, 소용없었다. 오히려 펠튼의 죄책감을 부족한 믿음이라 평하며 정진을 명할 뿐이었다.

할 수 없이 얼마 간 더 알사우스의 명에 따랐지만 찢겨죽으며 울부짖는 아이들의 울음소리를 펠튼은 더 이상은 들을 수가 없었다.

결국 그는 아이들을 빼돌려 버렸다.

차마 더는 아이들이 죽는 걸 볼 수 없었기에 은밀한 곳에 아이들을 숨기고 성인을 라단족 전사들에게 주었다.

그 과정에서 펠튼의 또 다른 고민을 해야 했고 그런 자신에 역겨움을 느껴야 했다.

그 고민은 라단족이 불만을 표출하지 않게 하려면 그나마 부드러운 살과 뼈를 가진 젊은 여인들 위주로 선별해야 한다는 생각이었다.

인간을 바치면서 그런 고민을 한다는 것 자체가 그에겐 너무나도 많은 감정을 소모하게 만들었다.

하지만 그의 그런 고민이 무색하게도 라단족은 계속된 불만을 쏟아냈고, 그는 이제 더 이상 변명과 핑계로 미루지 못할 상황까지 오고 말았다.

그 때문에 펠튼의 표정이 아주 좋지 못했다.

타다닷!

그런데 그렇게 생각에 잠겨 있는 그때, 수하 하나가 급히 다가왔다.

수하는 펠튼 앞에 서자마자 예를 취하고는 말했다.

"디로드의 행적을 찾았습니다."

"……!"

펠튼의 눈이 커졌다.

"어디냐?"

이내 수하는 무언가를 말했고 펠튼은 고개를 끄덕였다.

수하가 물러가자 펠튼의 눈이 반짝였다. 그의 고민을 덜어 줄 문제가 해결되었기 때문이다.

그는 이내 다시 몸을 돌려 집행관의 방으로 들어갔다.

문 사이로 두 사람의 대화가 흘러나왔다.

바로 디로드에 대한 것이.

*　　　*　　　*

"황제 폐하께서 듭시옵니다!"

노미디스 제국의 수도 듀페리얼.

황성에 위치한 그레타 황녀의 처소에 베르나디크 황제가
들어섰다.

황제가 나타나자 차를 마시고 있던 그레타 황녀는 자리에
서 일어나 그를 맞이했다.

"모두 물러가라."

황제의 명에 황녀를 제외한 모든 이가 처소를 나갔다.

그렇게 둘만 남게 되자 이상한 일이 벌어졌다.

황녀가 갑자기 고개를 조아리더니 방 한쪽으로 물러나며
사라지는 것이 아닌가.

그리고선 어둠속에서 똑같은 얼굴에 다른 차림을 한 황녀
가 나타났다.

"네가 한 짓이냐?"

다짜고짜 황제가 물었다.

뒤에 나타난 황녀가 미소를 지었다.

"먼저 앉으세요, 오라버니."

그 말에 베르나디크 황제가 자리에 앉았다.

그레타 황녀는 맞은편에 앉더니 담담하게 말했다.

"몰라서 물으시는 건 아니지요?"

"확인을 하고 싶었을 뿐이다. 네가 아니면 누구 짓이냐?"

"도둑 길드에서 퍼뜨린 소문이란 건 알아냈지만 의뢰자가
누구인지는 아직 밝혀내지 못했어요."

"도둑 길드가 숨기는 것이냐?"

"그럴 리가요. 누가 나선 일인데 감히 그들이 숨길까요. 그들도 의뢰자를 알 수 없다고 하는군요."

"변명치고는 너무 허술하군."

"그들도 의뢰자를 확인하려 했지만 순식간에 사라지는 바람에 알 수 없었답니다. 몇 차례 확인을 했으니 거짓말은 아닌 거 같아요."

"그렇다면 다른 방법은?"

"진실을 알고 있는 자는 몇 되지 않아요. 그중에 찾아보려 해요."

"좋다. 기다리마. 꼭 주동자를 찾아 내 앞에 데려오길 바란다."

"알겠어요."

베르나디크 황제는 그 말을 끝으로 방을 나갔다. 남매가 만났음에도 안부나 개인적인 소식에 대한 건 조금도 묻지 않았다.

스스스스.

황제가 사라지자 방 안에 있던 동상 하나의 색이 변하더니 사람의 형상이 되었다.

바로 동화 능력으로 숨어 있던 블랙7, 테스였다.

테스는 흐르는 연기처럼 그레타 황녀의 옆에 앉고는 말했다.

"황제 폐하께서 화가 많이 나신 모양입니다."

"그럴 수밖에. 한낱 소문에 의해 숙원이었던 대륙 통일이 무산될 위기에 처했으니 화가 나지 않으시겠느냐."

"대부분의 전장이 소문의 영향을 받아 소강상태에 접어들었다고 합니다. 아무래도 전쟁이 중단될 가능성이 높아 보입니다."

"나도 그리 생각한다."

"그나저나 폐하께 말씀하지 않으실 생각입니까?"

"무얼 말이냐?"

"그레이너 말입니다. 이번 일은 그의 짓이지 않습니까?"

"훗."

그레타 황녀, 아니, 블랙2 클레어는 부드러운 미소를 지었다. 그녀는 대답 대신 다른 이야기를 꺼냈다.

"듣자 하니 아즈라 왕국의 국서인 데미안이 살아 돌아왔다고 하던데."

"그렇다고 하더군요. 얼마 전에 살아 돌아왔다고 합니다. 안 그래도 그자의 귀환에 황궁에서도 촉각을 세우고 있는 중이랍니다. 소문의 진상을 그자가 밝힐 가능성이 높아서 말이지요."

그 말에 클레어가 묘한 눈빛을 보였다.

"그자의 초상화를 구해 오도록 해라."

"초상화를 말씀이십니까?"

"그래."

테스는 고개를 갸웃했지만 이내 끄덕였다.

"알겠습니다."

"더 보고할 것이 있느냐?"

"로젠블러의 행적에 대한 약간의 실마리를 얻었습니다."

순간 클레어의 눈빛이 변했다.

"말해 보거라."

"아스퀴 산맥의 북쪽 근처에서 사냥꾼들의 시신을 찾았는데, 몬스터에 시신이 훼손됐지만 그전에 깨끗하게 죽임을 당했다는 흔적을 발견했습니다. 그 흔적이 블랙 클라우드 어쌔신들의 살인 기술과 유사하다고 합니다."

"의심해 볼 만한 흔적이군. 그럼 북쪽으로 향했단 말인가? 거기에 무엇이 있기에?"

"특별한 건 없는 걸로 알고 있습니다."

"로젠블러가 그곳으로 향했다면 이유가 있을 것이다. 샅샅이 뒤져서라도 그들의 위치를 알아내도록 해라."

"그리하겠습니다."

"가 보거라."

"예, 그럼."

테스는 고개를 숙여 인사를 하고는 나타났던 것처럼 조용히 사라졌다.

클레어는 혼자 생각에 잠겼다.

'그레이너……'

아까 대답하지 않았지만 그녀도 알고 있었다. 소문의 진원이 그레이너라는 걸.

'그때, 그자.'

군주학살사건 때 로젠블러를 상대할 때 그녀는 한 남자를 기억하고 있었다. 안드레아 황녀와 함께 로젠블러에게 잡혀 있던 남자.

그자가 유독 그녀는 기억에 남았다.

왜냐하면 그레이너의 시선이 유독 그 남자를 볼 때면 뭔가 다른 감정을 보였기 때문이다.

'실종 되었던 데미안 국서, 그리고 군주학살사건 당시 잡혀 있던 남자.'

클레어는 그 두 사람이 뭔가 관련이 있지 않을까 예상했다.

"테스가 초상화를 가져오면 알 수 있겠지."

이윽고 클레어도 몸을 일으키더니 어둠속으로 걸어갔다.

그녀의 모습은 금세 사라졌고 이내 그 자리엔 똑같은 얼굴의 또 다른 그레타 황녀가 대신하고 있었다.

CHAPTER **06**

국서의 압박

죽은 자들의 **왕**

소문은 사실이었다! 생존자인 데미안 국서가 연합 회담에서 군주들을 죽인 건 블랙 클라우드라는 걸 증언했다!

그레이너의 증언에 포이즌 우드 대륙은 충격에 휩싸였다. 그동안의 소문이 진실로 밝혀졌기 때문이다.

소식이 전해지자 모든 전장은 전투를 멈췄다.

싸우는 건 오히려 블랙 클라우드의 술수에 놀아나는 것, 상잔이 아닌 제3의 세력에 군주들이 죽임을 당한 이상 싸울 이유가 없었다. 하지만 반발하는 이도 적지 않았다. 전쟁으로 인해 피해를 입지 않은 자들은 멈추기를 반대했다.

그러나 군주의 명령을 어길 수는 없는 법, 그런 반발도 군주의 명이 떨어지자 점차 수그러들었다.

결국 얼마 가지 않아 두 연합의 사신들이 모였고 상의에 들어갔다. 전쟁으로 인해 서로 많은 피해를 입기만 했을 뿐 소득은 전혀 없었다. 다른 상황 같았으면 회담에서도 치열한 공방이 일었을 것이다.

하지만 이번엔 그러지 않았다. 두 연합 모두 블랙 클라우드의 수작에 놀아난 것이라 복수의 열망이 대단히 강했다. 특히 다른 존재도 아니고 군주들이 죽임을 당한 거라 무슨 일이 있어도 복수를 다짐했다.

결국 상의 끝에 전무후무한 협정이 맺어졌다. 휴전과 함께 합동 척살단이라는 단체가 만들어진 것이다.

합동 척살단은 로젠블러를 비롯한 블랙 클라우드 잔당을 응징하기 위한 단체로, 동 척살단과 서 척살단, 2개의 단으로 구성되며 응징이 마무리될 때까지 연합과 영토를 따지지 않고 어디든 제한 없이 움직일 수 있는 권한을 주기로 했다.

소속될 인물들은 연합에 속한 각국이 알아서 결정하는 것이었고 두 척살단은 모든 정보를 공유하고 협력하기로 합의가 되었다.

이 소식이 전해지자마자 각국의 수많은 실력자들이 척살단 합류를 희망했다. 척살단의 일원이 되는 것만으로 실력을 인정받는 것은 물론이고, 이번 일은 역사에 기록될 대단한 사건이기에 명성을 떨치는데 제격이 아닐 수 없었다.

거기다 만약 적의 수괴인 로젠블러를 죽이게 된다면 그야 말로 두 연합이 인정하는 영웅이 될 수 있었다. 정말 다시는 없을 기회가 이번 척살단인 것이다.

하지만 벌써부터 사람을 선별할 수는 없었다. 우선 할 일은 전쟁에 나섰던 병력을 불러들이는 것이기 때문이다.

동국, 서국 연합 할 것 없이 전쟁에 나섰던 병력에 귀환 명령이 하달됐고 그에 따라 귀환이 시작되었다.

그중에는 아즈라 왕국의 병력도 있었다.

*   *   *

웅성웅성!

아즈라 왕국의 수도 솔라즈.

왕성으로 수많은 귀족이 들어서고 있었다.

평소보다 많은 자가 들어섰는데 그 이유는 전쟁터에 나갔던 무장들이 돌아왔기 때문이다.

"그래서 국서가 무슨 의도를 가지고 있는지는 좀 더……."

그중 눈에 띄는 인물이 한 명 있었는데, 바로 아즈라 왕국의 소드마스터 중 한 명인 오그레이 후작이었다.

후작은 참모진과 대전으로 향하면서 이야기를 듣고 있었는데 약간 굳은 표정이었다. 아마도 국서에 대한 소식에 그도 상당히 놀란 모양이었다.

"후작 각하, 오셨습니까."

이윽고 그가 일행과 대전에 들어서자 귀족들이 인사를 해왔다. 특히 델핀 파의 귀족들이 그를 반갑게 맞이했다.

"오랜만이군."

후작은 일일이 고개를 끄덕이며 인사를 받아주었다.

어느 정도 인사가 마무리되고 자리에 앉자 그가 아는 인물이 대전에 들어섰다. 바로 아즈라 왕국 최강의 소드마스터, 리프나이더 후작이었다.

"리프나이더 후작 각하!"

"후작 각하!"

그의 등장에 많은 이들이 몸을 일으키더니 인사를 하기 위해 나섰다. 오그레이 후작이 나타났을 때보다 더한 것이 느껴질 정도였다.

'흥!'

오그레이 후작은 그것을 못마땅하게 바라봤다. 가뜩이나 싫어하는 리프나이더 후작에게 더 많은 자가 몰린 것이 마음에 들지 않은 것이다.

리프나이더 후작 탓에 오그레이 후작은 언제나 2인자의 자리에 만족해야 했다. 그래서 오그레이 후작은 리프나이더 후작을 굉장히 싫어했고, 리프나이더 후작도 오그레이 후작을 그다지 좋아하지 않았다.

'오만하긴.'

오그레이 후작과 달리 리프나이더 후작은 귀족들의 인사에도 눈길을 거의 주지 않았다. 꼿꼿이 세운 얼굴로 파벌의 수장인 에드리언 공작에게만 간단한 인사를 할 뿐 대부분 무시했다.

그런 행동조차도 오그레이 후작은 마음에 들지 않았다. 아마도 그래서 리프나이더 후작과는 반대로 귀족들의 인사를 살갑게 받아주는 것인지도 몰랐다.

"신경 쓰지 마십시오. 저들이 저러는 건 국서로 인해 큰 타격을 받았기 때문입니다. 국서를 상대할 만한 사람이 리프나이더 후작밖에 없으니 평소보다 더욱 아양을 떠는 것이지요."

참모인 허냄이 오그레이 후작의 시선을 보고는 말했다.

후작의 오른팔인 허냄은 뛰어난 상황 판단력을 가진 인물로 오그레이 후작에게 많은 도움이 되는 자였다.

"발등에 불이 떨어졌겠지. 설마 국서가 소드마스터가 되어 나타날 거라곤 생각도 하지 못했을 것이니."

"저희도 조심해야 합니다. 소드마스터로서의 실력은 제일 떨어질지 모르나 국서의 신분 아닙니까. 그야말로 가장 경계해야 할 인물로 급부상한 것이 바로 국서입니다."

"알고 있다. 여왕파가 지금까지 당한 것이 있으니 가만히 있지 않을 것이야. 국서라는 날개를 달았으니 저쪽이든 우리든 각오를 해야겠지."

"그렇습니다."

"그나저나 빨리 보고 싶군. 소드마스터에 올랐다는 국서의 모습을 말이야."

소식만 들은 상황이었기에 오그레이 후작은 국서의 모습을 빨리 보고 싶었다. 다른 자들이 목격을 했다지만 그래도 소드마스터인 자신이 보고 느끼는 것하고는 차원이 다르지 않는가. 직접 보게 된다면 국서의 경지를 가늠할 수 있을 것이었다.

'어차피 이제 막 경지에 다다른 하급이겠지만 말이야.'

어느 정도 시간이 흐르자 모든 귀족이 자리를 했고, 드디어 로즈 여왕과 그레이너가 나타났다.

"국왕 전하와 국서께서 납시옵니다!"

시종장의 외침에 귀족들이 자리에서 일어나 두 사람을 맞이했다.

'오호, 이것 보게?'

그런데 오그레이 후작의 눈에 이채가 떠올랐다.

국왕과 국서의 행차에 예를 취하는 귀족들의 행동이 예전과 달리 너무나도 극진한 것이 아닌가. 특히 전쟁터에 나서지 않았던 문관 귀족들이 그러했는데, 얼마나 깍듯한지 전쟁터에서 돌아온 무관 귀족들이 놀랄 정도였다.

이것이 국서가 보인 신위 때문임이 분명했기에 오그레이 후작은 더욱 궁금증을 느꼈다. 국서가 도대체 어떻게 했고 어느 정도의 힘을 보였는지 말이다.

이윽고 로즈 여왕과 그레이너가 자리에 앉자 의전 대신인 스트롱 백작이 진행을 시작했다.

진행에 따라 귀족들은 국왕에게 인사를 올렸고 그런 후에야 모두 자리에 앉을 수 있었다. 모두 착석을 하자 로즈 여왕이 분위기를 잡은 후 담담하게 입을 열었다.

"여러분, 오늘은 아주 뜻깊은 날입니다. 우리는 불과 얼마 전까지 나라의 명맥이 위태로울 정도로 큰 위기를 겪고 있었습니다. 수많은 나라가 우리 아즈라를 공격해 왔고, 바람 앞의 촛불처럼 왕국의 운명은 아슬아슬한 처지였지요."

로즈 여왕이 귀족들을 둘러보며 말을 이었다.

"그런 고난과 역경을 헤치고 이제 왕국은 안정을 찾았습니다. 모두 희생과 헌신을 마다하지 않은 아즈라의 백성과 여러분 덕분이 아닐 수 없다 생각합니다. 이 자리를 빌려 국왕으로서 감사의 마음을 표하지 않을 수 없답니다."

여왕의 감사에 귀족들도 감회가 새로움을 느꼈다. 여왕의 말마따나 불과 얼마 전까지 왕국은 풍전등화나 다름이 없었고 언제 적국의 군대에 멸망을 당해도 이상하지 않은 상태였다. 그런데 그것을 극복하고 나라를 지켜냈으니 누구라고 할 것 없이 감상에 젖지 않을 수 없었다.

"특히 왕국을 위해 직접 전선에서 뛰며 서국 연합의 공격을 막은 기사와 마법사, 병사 등은 그 공이 적지 않은 만큼 포상을 내릴 것입니다. 그중에서도 아즈라의 군대의 중심이 된 리프나이더 후작, 오그레이 후작, 아비게일 후작, 세 분께는 가장 큰 포상을 내리도록 하겠습니다."

"감사하옵니다, 전하!"

짝짝짝짝!

로즈 여왕의 말에 세 명의 소드마스터는 자리에 일어나 예를 취했고, 나머지 사람들은 박수를 치며 축하를 해주었다.

여왕은 이후에도 공적을 세운 또 다른 사람들에게도 일일이 축하와 함께 포상을 약속했고 거명된 귀족들은 감격의 인사를 올렸다. 마지막으로 전사자와 그 가족에게도 보상을 약속하며 행사는 끝이 났다.

그러자 스트롱 백작이 나섰다.

"그럼 다음으로 합동 척살단 선임에 관한 왕실회의를 시작하도록 하겠습니다!"

다음은 바로 얼마 전에 합의된 합동 척살단에 관련된 왕실회의였다. 그에 감회에 젖었던 귀족들의 표정이 금세 원래대로 돌아왔다. 오늘 모임의 핵심은 바로 이것이기 때문이다.

척살단에 들어간다는 것은 공적을 세우는 것은 물론 세상에 자신을 알릴 수 있는 기회이기도 했다. 대륙 전체의 시선이 몰려 있는 사항이기에 활약을 보인다면 얼마나 위상이 올라갈지 상상이 되지 않을 정도였다. 그 때문에 무관이든 문관이든 눈을 빛내며 기대해 마지않는 상태였다.

로즈 여왕이 입을 열었다.

"아즈라 왕국의 척살단을 구성하기에 앞서 우선해야 할 것이 있습니다. 지금부터 모두 잘 듣기 바랍니다."

사람들은 의아했지만 이내 여왕의 말에 집중했다.

"모두 알다시피 우리 아즈라 왕국은 최근까지 아주 복잡하고 불안한 상황이었습니다. 서국 3국의 침범을 시작으로, 연합 회담의 군주학살사건, 맥기본 선대 국왕 전하의 승하, 연합 전쟁에 이르기까지 아즈라 왕국은 계속된 악재로 병든 상태나 마찬가지인 상황이 되었지요. 그래서 본 여왕은 왕국의 안정을 찾기 위해 개혁과 정리에 나설 생각입니다."

"……!"

오그레이 후작의 고개가 참모인 허냄을 향해 돌아갔다.

마찬가지로 허냄도 후작을 향해 고개를 돌렸다.

'가만히 있지 않을 줄은 알았지만 설마 오늘 바로 마음을 드러낼 줄이야.'

'여왕과 국서가 크게 마음을 먹은 모양입니다.'

두 사람은 좀 전에 대화로 나눴던 예상이 바로 이렇게 나올 줄은 몰랐기에 상당히 당황했다.

당황한 건 당연히 두 사람만이 아니었다. 대전에 있는 모두가 놀라서 커진 눈을 숨기지 못했다.

"우선 첫 번째로 처리할 것은 정계 정리입니다. 지금의 정계는 맥기본 선대 전하의 체제 그대로. 나의 대에서 개혁이 됐어야함에도 불구하고 그러지 못했습니다. 그 이유는 전쟁으로 인해 왕국이 불안한 상황이라 바꾸지를 못한 것이지요.

그것을 이번 기회에 단행하려 합니다."

'체제 변화라…….'

'완전히 뒤엎겠다는 이야기 아닙니까?'

오그레이 후작과 허넴은 여왕의 의도가 무엇인지 즉시 알

수 있었다. 정치적 관계를 모두 새롭게 하겠다는 뜻이었다.

그리고 그 생각이 맞다는 듯 다음에 나온 발언에 모두가 경

악하고 말았다.

"거기에 연계해서 우선 첫 번째로 에드리언 공작, 델핀 공

작, 이제 그만 정계에서 은퇴해 주셔야겠습니다."

"……!"

거론된 두 공작의 표정이 굳어졌다.

두 파벌의 귀족들도 마찬가지였다.

다른 사람도 아니고 두 파벌의 수장들을 지목하다니.

"제가 말하지 않아도 이유는 잘 아시겠지요?"

그렇다. 로즈 여왕이 두 사람을 지목한 것에는 이유가 있었

다. 사실 두 사람은 로즈가 여왕이 된 후부턴 일선에서 완전

히 물러나야 했다. 정계는 물론이고 파벌과 관련된 무엇도 할

수가 없었다. 그 이유는 같은 왕위계승권자들이 왕위를 포기

하지 못하고 국정운영을 방해할 수 있기 때문이다.

사람의 욕심이란 것이 쉽게 버려지지 않는 만큼 충분히 견

제나 훼방을 놓을 수 있고, 그래서 같은 항렬은 즉시 모든 일

에서 물러나게 돼 있다.

한데 두 사람은 전쟁을 비롯한 여러 외적인 일로 인해 자리를 비울 수 없었고, 그 때문에 지금까지 계속 신분을 유지해 온 것이다. 그러다 바로 지금 여왕이 그것을 거론하며 물러나기를 언급한 것이었다.

웅성웅성!

대전이 소란스러워졌다.

에드리언 공작과 델핀 공작은 각각 파벌의 수장.

그들 두 사람이 물러나게 된다면 두 파벌이 엄청난 타격을 받는 것은 당연지사.

"……."

두 사람은 아무런 말도 하지 못했다. 평소 같으면 어떻게든 반발했을 테지만 지금은 그지 않았다. 아니, 정확히 말하면 그럴 수 없었다. 명분도 여왕 쪽에 있는데다, 결정적으로 국서인 그레이너가 그들을 바라보고 있었기 때문이다.

국서의 존재는 큰 압박감으로 다가왔다. 예전 같으면 세력의 힘으로 밀어 붙였겠지만 지금은 국서로 인해 이젠 그것도 불가능했다.

로즈 여왕도 바로 그런 이유 때문에 이제야 두 사람에게 정계은퇴를 거론한 것이었다. 그레이너가 오기 전에 거론했다면 반대 여론에 막혀 씨도 먹히지 않았을 것은 보지 않아도 뻔한 일. 그레이너의 존재는 그 정도로 파벌 간의 판도를 변화시킨 것이다.

"전하, 제가 한 말씀드려도 될는지요."

그때 누군가 손을 들며 발언권을 요구했다.

로즈 여왕의 눈에 보이지 않게 이채가 떠올랐다. 발언권을 요구한 이가 리프나이더 후작이었기 때문이다.

여왕은 그레이너를 흘깃 보고는 이내 고개를 끄덕였다.

"허락하지요."

"감사하옵니다."

여왕의 허락에 리프나이더 후작이 자리에서 일어났다. 그가 말했다.

"전하, 송구하오나 이 안건엔 시간을 좀 주시는 것이 어떨까 싶습니다."

"시간이라. 이유가 무엇이오?"

"왕실의 법규에 따라 두 공작 각하가 물러나는 것이 마땅하기는 하나, 아직 그 시기는 아니라 판단이 되기 때문입니다. 전쟁이 끝난 것이 얼마 되지 않은 탓에 왕국의 피해는 심각하고, 그것을 해결하기 위해선 귀족들의 유기적인 협동이 필요합니다. 그런 상황에 체제를 바꿔버리면 이전보다 낯선 환경에 더 많은 시간이 소비될 것이고 피해 복구도 더뎌질 것이 분명하다 여겨집니다."

"……"

"더구나 가장 중요한 군주학살사건도 아직 마무리가 되지 않았지 않습니까? 그러니 급하기 일을 추진하기보다는 대의를 위해, 또 왕국의 안녕을 위해 전하께서 잠시 두고 보시는 것이 어떨까 싶습니다."

후작의 말에 두 공작의 표정이 밝아졌다. 리프나이더 후작 덕분에 살아남을 여지가 만들어졌기 때문이다.

사실 지금 여왕의 의견에 제동을 걸 만한 사람은 리프나이더 후작과 오그레이 후작뿐이었다. 다름 사람들은 그레이너 때문에 감히 나설 수가 없었다. 그것을 알기에 리프나이더 후작이 나선 것이고, 그로 인해 제동을 걸 만한 여지가 만들어졌다.

사람들은 오그레이 후작도 나서길 원했으나 아직 그는 조용히 지켜보는 중이었다. 귀족들은 여왕이 어떻게 나올지 지켜봤는데, 나선 것은 여왕이 아니었다.

"리프나이더 후작, 그 주장엔 내가 답할 수 있을 것 같소만."

바로 우려하던 그 사람, 국서로 분하고 있는 그레이너였다. 조용하던 국서가 드디어 나서자 사람들은 긴장하기 시작했다.

리프나이더 후작도 눈을 빛내더니 말했다.

"국서의 고견을 듣겠습니다. 말씀하시지요."

"후작의 말대로 체제 변화로 일처리가 늦어질 가능성이 없는 건 아니오. 충분히 가능한 이야기지. 하지만 그다지 큰 문제가 되진 않을 것이오. 서국연합과 맺은 협정으로 당분간 아즈라 왕국을 향한 외적인 위협은 없을 것이니 말이오. 더구나 전하께서 본격적으로 개혁을 거론한 상황, 아무런 준비도 없이 말을 꺼내실 분은 아니지 않소."

"……."

"그리고 변화를 꾀한다면 시기적으로 지금이 가장 적절하지 않을 수 없소. 외적으로 안정적이라 내적인 것만 신경 쓰면 되니 이 얼마나 좋은 기회요. 전하께선 이 모든 것을 고려하셨고, 그래서 개혁을 공언하신 거요."

말하던 그레이너의 시선이 에드리언과 델핀 공작들에게 향했다.

"그러니 전하의 능력을 의심하는 것이 아니라면 후작은 믿음을 가지고 다른 신하들과 함께 성심성의껏 도우면 될 것이오. 당연히 두 공작께선 아무 걱정 없이 마음 편히 은퇴를 하면 되는 것이고."

"……!"

두 공작의 표정이 일그러졌다.

같은 파벌의 하위 귀족들의 얼굴도 좋지 않게 변했다.

국서의 마지막 말은 조롱에 가까웠기 때문이다.

그런데 아이러니하게도 이것은 예전 그들이 여왕파를 향해 보였던 행동과 크게 다르지 않았다. 결국 반대의 경우가 되어 이번엔 자신들이 당한 것이다. 그 때문에 두 공작을 비롯한 파벌의 굴욕감은 가히 작지 않았다.

한편 그레이너의 발언에 리프나이더 후작의 눈썹이 꿈틀거렸다. 두 공작도 공작이지만 그에게도 상당히 기분 나쁜 상황이기 때문이다.

그 역시 오그레이 후작과 마찬가지로 이런 상황을 예상했고, 그는 반박으로 여왕의 계획을 무산시킬 생각도 한 상태였다. 그런데 국서의 말 때문에 더는 반론을 펼치지 못하게 됐다. 이제 반박을 하게 되면 로즈 여왕의 능력을 의심하는 모양새가 되기 때문이다.

예전 기사대전에서 조카 케사르를 죽인 국서에게 빚이 있는 리프나이더 후작으로선 이런 식으로 자신까지 당한 것이 아주 기분 나빴다.

결국 리프나이더 후작은 더 이상 말을 하지 못하게 되면서 남은 사람은 오그레이 후작밖에 남지 않게 되었다. 사람들의 시선이 오그레이 후작을 향했는데, 그가 나서기 전.

"아! 리프나이더 후작, 그대가 나선 김에 그대의 문제도 해결했으면 하는데 말이오. 오그레이 후작도 함께."

그레이너가 먼저 입을 여는 것이 아닌가.

"……!"

자신이 거론되자 오그레이 후작의 표정이 살짝 변했다.

리프나이더 후작도 오그레이 후작에게 잠깐 눈길을 주고는 그레이너에게 물었다.

"…어떤 문제를 말씀하시는 건지요?"

"두 사람의 거취를 정리해 주었으면 하오."

"거취를 말입니까?"

"거취?"

리프나이더, 오그레이 두 후작이 동시에 물었다. 오그레이 후작은 혼잣말이었지만 리프나이더 후작과 마찬가지로 그레이너의 질문에 의아함을 느끼는 것을 고스란히 알 수 있었다.

"거취를 정리하다니 그게 무슨 말입니까?"

"에드리언 공작과 델핀 공작이 국정과 파벌에서 완전히 물러나면 그 뒤를 맡을 확률이 높은 사람이 바로 두 분이오. 그러니 거취를 결정해 줘야 하지 않겠소?"

결국 오그레이 후작까지 자리에서 일어나며 대화에 합류했다.

"송구하오나, 그것을 왜 지금 국서께 말씀을 드려야 하는지 모르겠습니다. 아직 두 공작께서 물러난 것도 아닐뿐더러, 설령 그렇게 되었다 해도 그런 문제는 파벌 내에서 알아서 결정할 일, 국서께서 관여할 부분은 아니라 판단이 되는군요."

사람들도 동의한다는 듯 고개를 끄덕였다.

그레이너가 말했다.

"틀린 말은 아니오. 다른 사람들이라면 오그레이 후작의 말대로 본 국서가 관여할 사항이 아니겠지. 하지만 두 분은 다르지 않소. 소드마스터니까."

"……"

두 후작의 표정이 어이없게 변했다.

리프나이더 후작이 말했다.

"소드마스터인게 그런 간섭을 받아야 할 위치인 겁니까?"

"당연한 것 아니오? 국왕에게 대항하는 파벌의 수장이 소드마스터인데 어찌 가만히 두고 보겠소?"

오그레이 후작이 나섰다.

"대항이라니요. 국왕의 곁에 있는 파벌이 간신배 무리라면 다른 파벌이 그들을 견제해 나라가 한쪽으로 기울지 않게 하는 것처럼, 파벌은 올바른 정치와 균형을 위해 존재하는 것이지 대항하기 위해 있는 것이 아닙니다. 저희를 그렇게 보시는 건 크나큰 착각이십니다."

"국서로서 내 어찌 그것을 모르겠소. 내가 말하는 건 오래전부터 로즈 여왕을 죽이는데 동조해 온 그대들이 파벌의 수장이 되는 건 위험하다는 뜻이오. 다른 이도 아닌 소드마스터인 그대들이."

"……!"

리프나이더 후작과 오그레이 후작의 표정이 크게 변했다.

두 사람 다 상당히 놀란 것이다.

설마 국서가 그런 의미를 가지고 꺼낸 말인지는 예상 못한 것이다.

웅성웅성!

다른 이들도 놀라 당혹스러워했다.

"무얼 그리 놀라시오? 서로 모른 척했을 뿐 모두 알고 있는 사실 아니오?"

오그레이 후작은 어처구니가 없었다.

'아주 대놓고 말하겠다 이거군.'

그레이너의 말은 틀리지 않았다. 모두 알고 있는 사실이
다. 하지만 정치적 싸움에서 이런 것은 보통 밝히지 않는다.
왜냐하면 증거가 없으면 말을 꺼낸 세력이 불리해지기 때문
이다.

당연히 여왕파 쪽에 증거가 있을 리 없었다. 그건 에드리언
파나 델핀파도 잘 알고 있었다. 그럼에도 당당하게 꺼냈다는
건 증거가 있든 없든 힘으로 밀어붙이겠다는 자신감이 깔려
있다는 뜻이었다.

리프나이더 후작과 오그레이 후작의 눈빛이 변했다.

국서가 힘을 내세워 이렇게 막무가내로 나온다면 그들도
물러설 생각이 없었다.

"후후."

그 모습에 그레이너가 미소를 지었다.

오그레이 후작은 국서의 득의한 미소를 보며 이내 입을 열
었다.

CHAPTER **07**
2 대 1의 결투

죽은자들의왕

"국서, 어이하여 그런 말씀을 하시는 모르겠으나 아주 불쾌하기 그지없군요. 있지도 않은 사실을 막무가내로 내뱉는다고 진실이 되는 것이 아닙니다."

"그렇습니다. 더구나 저희 둘은 왕국을 지키기 위해 목숨을 걸고 전장을 누비고 온 사람들. 그런 저희에게 이런 대우를 한다는 건 모욕이나 다름없는 일입니다."

오그레이 후작이 나서자 리프나이더 후작도 동조하며 나섰다. 그레이너가 두 사람을 한꺼번에 거론하면서 앙숙인 두 사람이 동지가 된 것이다.

그에 그레이너가 말했다.

"막무가내라니, 난 진실을 이야기하는 것뿐이오. 여왕께서 공주였던 시절 두 파벌이 보낸 암살자를 아직 잡아놓고 있으니 거짓 같으면 확인해 보시오. 내가 한 말이 거짓인지."

"……."

그 말에 두 후작의 눈빛이 아주 잠깐 흔들렸다.

그러다 오그레이 후작이 말했다.

"그런 건 조작될 수 있습니다. 말씀하신 암살자가 살기 위해 거짓말을 했을 수도 있고, 아니면 오히려 이간시키기 위해 없는 사실로 속였을 가능성도 있지요. 겨우 그런 것을 가지고 믿을 수는 없습니다."

뒤이어 리프나이더 후작이 말했다.

"맞습니다. 그리고 설사 그런 자들을 보냈다고 해도 저흰 알지도 못할 뿐더러 동조하거나 참여할 사람이 아닙니다. 그런 일은 소드마스터의 자부심이 용납지 않으니까요."

그 말에 오그레이 후작도 고개를 끄덕였다. 말마따나 소드마스터로서 그런 일에 관여할 가능성은 거의 없어 보이는 게 사실이었다.

"두 사람의 말이 맞을 수도 있을 것이오. 암살자가 살기 위함이나 이간을 설계하여 거짓말을 했을 수도. 하지만 그대들도 알다시피 죄수의 진술을 무조건적으로 믿을 수도 없지만 또 그렇다고 의심하지 않을 수도 없는 법. 그렇기에 본 국서는 암살자를 직접 만나본 바, 그의 말이 거짓이 아니라 판단했소이다."

그레이너는 후작들이 있는 두 파벌을 향해 다가가며 말을 이었다.

"그리고 두 파벌에서 그대들이 차지하는 비중을 감안한다면 몰랐다는 건 말이 되지 않소. 알았지만 소드마스터의 위치상 암살을 저급하게 여겨 참견을 안했을 뿐. 결국 암묵적으로 반대하지 않다는 뜻. 리프나이더 후작, 오그레이 후작, 그대들도 알지 않소? 침묵은 곧 동조라는 걸."

"……."

두 사람의 표정이 심각하게 굳었다.

그제야 두 사람은 확실히 알았다.

'무슨 말을 해도 국서에겐 통하지 않는다. 그와 여왕이 마음을 먹었다. 우리까지 몰아내기로.'

그레이너의 말에서 그들은 그것을 알 수 있었다. 만약 자신들이 반대의 입장이라도 비슷한 방법으로 상대가 벗어나지 못하게 했을 것이기 때문이다.

두 사람은 난감한 상황에 빠졌음을 알았다.

굽히지 않고 반발한다면 지금 당장은 국왕, 국서가 어떻게 할 수는 없었다. 암살자의 진술만으로 자신들을 압박하기론 약하기 때문이다.

하지만 마음을 먹었다는 걸 확인한 이상 무슨 수를 써서라도 그들을 물러나게 할 것은 당연한 일. 파벌을 이끌던 두 공작이 물러나야 되는 상황에서 문제가 심각했다.

'젠장. 내가 설마 칼리 대비가 아쉬운 상황이 올 줄은 몰랐군.'

오그레이 후작은 이 자리에 칼리 대비가 없는 게 참으로 안타까웠다. 만약 칼리 대비가 있었다면 이런 문제는 바로 정리가 되었을 것이다. 그녀가 있었기에 여왕이 힘을 쓰지 못했던 건데, 대비가 없으니 여왕을 막을 존재가 전무했다.

웅성웅성!

대전은 술렁였다. 모두 바보가 아닌 이상 상황이 어떻게 돌아가는지 알고 있는 것이다.

두 파벌의 수장인 에드리언, 델핀 두 공작에 이어 무력의한 축을 담당하는 리프나이더, 오그레이 후작들까지. 두 파벌에겐 엄청난 위기가 아닐 수 없었다.

만약 여왕파의 뜻대로 된다면 이제 대립하는 것은 물론, 지금까지 가져왔고 누렸던 수많은 이득과 이점을 다 내놓아야할지도 몰랐다. 두 파벌의 귀족들에겐 그것이 가장 두려운 일이었다.

대전의 소란은 쉽게 진정되지 않았다. 간단히 진정될 만한상황이 아닌 것이다.

'오늘은 어떻게든 무마시키자. 그런 다음 방법을 강구해보자.'

오그레이 후작은 그렇게 판단을 내렸다. 지금은 뾰족한 방법이 없기 때문이다.

그런데 그가 나서기도 전,

"모두 그만! 조용히 해주시오!"

다른 사람이 먼저 나섰다.

바로 국서였다.

그레이너의 외침에 대전의 소란은 잠잠해졌고, 덕분에 오그레이 후작이 나설 타이밍은 사라지고 말았다.

이윽고 대전이 조용해지자 그레이너의 시선이 두 후작을 향했다. 그가 말했다.

"반응을 보아하니 두 파벌의 여러 귀족이나 두 후작이 납득하지 못하는 듯한데, 그럼 우리, 이렇게 하는 것은 어떻소?"

리프나이더와 오그레이, 두 사람의 표정이 의아하게 변했다. 오그레이 후작이 물었다.

"무엇을 말입니까?"

"서로 무슨 말로도 납득이 안 된다면 다른 걸로 결판을 내는 것이오."

"다른 것이오?"

"그렇소. 간단하게 이야기해서, 말로 결론이 나지 않는다면 힘으로 결판을 짓는 것이지."

"힘? 그 말씀은 설마……."

"검으로 결판을 지읍시다."

"……!"

오그레이 후작의 눈이 커졌다.

리프나이더 후작과 다른 귀족들도 마찬가지였다.

검으로 결판을 내자니.

웅성웅성!

"검으로 결판을 내자는 말은 결투를 벌이자는 뜻인가?"

"그런 거 아니겠는가? 허, 결투 제안이라니!"

대전에 있는 모두가 상당히 놀랐다.

다른 것도 아니고 결투를 통해 일을 해결하자고 할 줄은 누구도 생각지 못한 일이기 때문이다.

"그대들이나 나나 검을 익힌 존재, 우리에게 편한 건 말보다 검 아니겠소? 그러니 간단하게 대전을 벌입시다. 대전을 벌여 이긴 쪽의 뜻대로 하는 것이오. 어떻소?"

"……."

리프나이더 후작과 오그레이 후작은 쉽게 대답하지 못했다. 그레이너의 의도가 무엇인지 의심스러웠기 때문이다.

두 사람의 시선은 이내 서로를 향했고 그대로 주시했다. 이런 때는 먼저 나서는 것이 손해였다. 때문에 상대가 나서길 지켜보려는 것이다.

그 모습을 본 그레이너가 미소를 지으며 말했다.

"후후, 서로 그리 눈치를 보다니. 내가 그렇게 두려운 거요?"

그 말을 듣자 두 후작의 고개가 그레이너를 향해 돌아갔다. 그리고 그들의 눈빛이 변해 있었다. 분노가 아니었다. 무언가를 알아챈 번뜩임이었다.

'오만이 넘쳐 만들어진 자만심이었군.'

방금 발언으로 그들은 국서가 대전을 제안한 이유를 알아차렸다.

바로 갓 소드마스터 경지에 오른 초급자의 자만심이었다.

자신들도 경험했지만 소드마스터라는 경지에 오르게 되면 자부심이 생긴다. 아무나 다다르지 못하는 영역에 도달했으니 그러는 게 당연했다.

그 자부심이 사람들의 경외어린 시선을 받으면 오만이 더해져 자만심으로 변했고, 지금 국서의 상태가 바로 그것이라 판단된 것이다.

'몸에 힘이 넘쳐나니 우리 같은 늙은이들은 쉽게 꺾을 수 있다 생각되겠지.'

자신들도 그러했다. 선배로서 먼저 소드마스터의 경지에 오른 노인 기사들을 봤을 때 딱히 대단하게 느껴지지 않았다. 겉으로 봤을 때 다 늙은 노인인데다 힘도 그다지 강해 보이지 않기 때문이다.

하지만 그것은 착각이었다. 더 높은 경지에 다다르면서 기운을 갈무리할 수 있게 되어서 느끼지 못한 것이고, 신체는 늙었더라도 수많은 경험과 오랫동안 쌓은 마나로 인해 그 힘은 상상도 할 수 없을 정도로 강했다. 차후에 직접 경험하고 서야 자신들이 얼마나 오만하고 잘못된 생각을 가지고 있었 는지 깨달을 수 있었다.

'국서는 그것을 알지 못하는 것이지.'

두 사람은 확신했다.

국서가 자신의 강함을 증명하기 위해 자기들을 꺾으려 한 다는 걸. 더불어 자만심에 빠져 자신의 실력을 자기들보다 위 라 여긴다는 걸.

오만함 때문에 대전 제안을 했다는 걸 파악하자 두 사람의 경계심은 사라졌다. 본인들의 생각대로라면 의도를 의심하 거나 걱정할 이유가 전혀 없었다.

마찬가지로 두 파벌 귀족들의 표정도 좋아졌다. 그들도 두 후작처럼 국서의 의도를 파악하자 마음을 놓은 것이다. 이렇 게 되면 국서의 제안을 반대하는 게 아니라 쌍수를 들고 환영 해야 할 판이었다.

두 사람이 누구던가.

기사 서열 7위와 10위에 빛나는 최상위 실력자들이었다. 아무리 국서가 소드마스터의 경지에 올랐더라도 두 사람을 이길 수 있을 리가 없는 것이다.

"구, 국서!"

반대로 여왕과 귀족들의 안색은 좋지 않고 변했다. 아니, 어떻게 보면 다른 이들보다 더 놀랐다고 할 수 있었다.

신분의 위치를 생각하면 두 후작이 어떻게든 밀릴 수밖에 없는 상황이었다. 그런 유리한 상황에 어이없게도 결투 제안이라니. 이건 오히려 알아서 불리한 처지를 자처하는 것이나 다름없었다.

결국 로드리오 공작이 급히 나서려 했다. 하지만 그러기 전, 두 후작이 먼저 나섰다.

"좋습니다, 국서의 제안대로 하겠습니다."

"저 역시 국서의 제안을 받아들이겠습니다."

술렁술렁!

결국 두 후작은 제안을 수락했고 대전은 소란스러워졌다.

예상치 못하게 소드마스터들의 대전이 결정되었고, 그건 사람들을 들뜨게 만들었다.

'이런!'

'아아, 어찌 이런 일이······.'

여왕파 귀족들의 표정이 굳어진 건 당연한 일. 로드리오 공작도 갑작스러운 상황에 당황한 표정이 역력했다.

그걸 아는지 모르는지 그레이너는 미소를 지으며 고개를 끄덕였다.

"생각들 잘하셨소이다. 전하, 괜찮겠습니까?"

이윽고 그레이너는 로즈 여왕을 향해 물었다.

여왕은 즉시 답했다.

"그럼요. 국서의 뜻대로 하세요."

"감사합니다. 그럼 결정이 되었으니 자리를 옮기도록 하지요. 이곳에서 대전을 벌일 수는 없으니."

"알겠습니다."

"그리하지요."

갑작스러운 제안은 속전속결로 진행되었다.

결국 결정이 되자 그레이너는 대전에 있는 모두를 향해 말했다.

"모두 연무장으로 갑시다."

*　　　*　　　*

웅성웅성!

왕성에 자리 잡은 연무장.

그곳에 수많은 귀족들이 들어서고 있었다.

수련을 하던 기사와 병사들은 소식을 듣고는 즉시 연무장을 정리하곤 방해가 되지 않게 한쪽에 도열했다.

이윽고 귀족들은 파벌에 따라 자리를 잡았다. 그리곤 대전이 어떻게 진행될지를 예상했다.

대부분 두 후작의 승리를 점찍었다.

당연한 예측이었다. 두 후작의 이름값이나 위치가 국서에 밀린다고 생각하는 사람은 단 한사람도 없기 때문이다. 그런 이유 때문에 두 파벌에 속한 귀족들의 표정은 여왕파와 달리

밝았다.

　반면, 여왕파는 난감하고 어처구니없다는 반응을 보였다. 그들이 봐도 국서가 두 후작을 이길 가능성은 희박했다. 그런데 결투 제안이라니.

　국서의 종잡을 수 없는 행동에 여왕파는 애가 타들어갔다.

　그런데 여왕파 귀족들이 한 가지 놓치고 있는 것이 있었다.

　바로 아비게일 후작의 모습.

　아비게일 후작도 이곳에 자리를 하고 있었는데, 그녀는 다른 이들과 달리 평온했다. 다른 것에 집중하느라 그녀가 왜 그렇게 차분한지 아무도 신경 쓰지 않은 것이다.

　만약 누구라도 그녀에게 대전의 결과를 점쳐 달라고 했다면 그녀는 기꺼이 답해줬을 것이다. 그리고 그 답변으로 인해 걱정은 사라졌을 것이다. 그레이너의 실력을 누구보다 잘 알고 있는 사람이 바로 그녀였으니.

　이내 귀족들이 자리를 잡고 얼마 있지 않아 주인공인 리프나이더, 오그레이 후작들이 연무장에 들어섰다.

　두 사람은 어느새 자신들의 무기를 챙겨 허리에 각각 검을 찬 상태였다.

　곧이어 연무장 상석에 로즈 여왕이 자리를 했고, 그레이너가 연무장으로 입장했다.

　그런데 들어서는 그레이너의 모습을 보고 두 후작의 눈빛이 변했다.

"더블 소드?"

다가오는 그레이너의 좌우허리에 각각 검을 하나씩 차여 있는 것이 아닌가.

두 개의 검을 한쪽이 아닌 좌우에 하나씩 차고 있다는 건 쌍검술, 즉 더블 소드를 사용한다는 것이기에 두 후작의 눈빛에 이채가 떠오를 수밖에 없었다.

더구나 질리언 가의 기사였던 국서는 질리언 검술을 익힌 것으로 알고 있는데, 질리언 검술에 더블 소드 사용은 들어본 적이 없었다.

웅성웅성!

술렁술렁!

그레이너까지 자리를 하자 연무장이 소란스러워졌다. 대신들에 이어 기사와 병사들도 더해졌기에 더욱 시끄러워질 수밖에 없었다.

"자, 모두 조용히 해주십시오!"

잠시 후, 언제나 그렇듯 진행을 위해 의전대신인 스트롱 백작이 나섰다.

그의 말에 연무장의 소음이 서서히 잦아들었고, 백작이 말을 이었다.

"그럼 지금부터 국서께서 제안하신 대전을 진행하도록 하겠습니다. 이 대전은 리프나이더 후작과 오그레이 후작, 데미안 국서의 대전으로 패배한 쪽은 승리한 쪽의 의견에 승복해야 합니다. 세 분 다 인정하십니까?"

"그렇네."

"인정하지."

"음."

세 명 다 고개를 끄덕이며 답했다.

그에 스트롱 백작도 고개를 끄덕이더니 두 후작에게 말했다.

"좋습니다. 그럼 두 분 중 대전에 나설 대표를 정하시기 바랍니다."

그 말에 리프나이더 후작과 오그레이 후작이 서로를 바라봤다.

두 사람은 서로 눈치를 봤다. 나서고 싶어서가 아니었다. 상대가 나서길 바라서였다.

둘 다 누가 나가든 대전에 승리할 것은 확신했다. 문제는 국서를 상대하는 것이니만큼 부담이 된다는 것이다. 국서를 이기는 모습 자체가 보기 좋지 않은데다, 여왕과 국서 두 명에게 앙심을 품을 계기를 만들어줄 수 있었다. 때문에 대전을 수락했을지언정 나서긴 싫은 것이다.

그렇게 두 사람이 상대가 나서길 바라며 눈치를 보는 그때,

"대표는 필요 없소. 두 사람이 한꺼번에 덤비시오."

국서의 목소리가 그들의 귀를 강타했다.

"⋯⋯!"

"......!"

두 사람의 눈이 커지면서 고개가 돌아갔다.

그걸 보며 그레이너가 말을 이었다.

"내가 아까 말하지 않았소. 결판을 내자고. 그건 누구 한 명이 아닌 두 사람 모두에게 말한 것이오. 즉, 한 사람만 대표로 골라 상대한다는 것이 아니라 두 사람을 한꺼번에 상대한다는 뜻이지. 그러니 대표를 뽑을 것이 그냥 대전을 벌이면 되오. 두 사람 정도는 충분히 상대하고도 남으니."

두 사람의 표정이 굳어졌다.

순간, 눈빛이 변하며 차가운 기운이 감돌았다.

'자만심이 극에 달했구나! 감히 날 가지고 조롱을 하다니!'

'소드마스터의 경지에 올랐다고 눈에 보이는 게 없구나!'

그들은 분노했다.

왜 그렇지 않겠는가. 마스터의 경지로 보면 국서는 까마득한 하수였다. 그런데 하수가 고수 둘에게 덤비라고 하는 경우니 얼마나 어처구니가 없겠는가.

한데 그럼에도 두 사람 중 누구도 나서는 이는 없었다. 화는 나더라도 그 정도에 흔들릴 사람들은 아닌 것이다. 오히려 거기에 욱해 나서는 것이 더욱 우스꽝스럽게 만드는 일이었다.

그레이너가 입을 열었다.

"스트롱 백작."

"예, 국서."

"그만 물러서게. 대전은 알아서 할 테니."

"예? 하지만……."

스릉! 스릉!

그레이너가 이윽고 검을 뽑았다. 그리곤 천천히 두 후작을 향해 발걸음을 옮겼다.

"……!"

그 모습에 두 후작이 약간 당황해하며 급히 검에 손을 가져갔다.

스트롱 백작은 놀란 표정을 지으며 즉시 연무장에서 물러났다. 그러며 그는 말했다.

"대전을 시작하겠습니다!"

CHAPTER **08**

국서의 실력

스르륵…….

스릉!

리프나이더 후작과 오그레이 후작은 검을 뽑았다.

두 사람이 검을 뽑는 느낌은 달랐다.

리프나이더 후작은 조용하면서 나지막하게, 오그레이 후작은 거침없이 검신을 드러냈다.

'리프나이더를 공격하면 물러선다.'

'오그레이를 선택하면 빠지자.'

두 사람은 역시나 국서를 상대할 생각이 없었다. 둘 다 국서가 자신을 고르지 않는다면 물러날 생각을 가지고 있었다.

"훗."

그레이너는 마치 그것을 아는 것처럼 미소를 지었다. 그는 천천히 걸어가더니 중간지점에서,

탓!

몸을 날렸다.

"젠장!"

"후후후."

그와 동시에 리프나이더 후작과 오그레이 후작, 두 사람의 신형이 갈렸다.

그레이너가 리프나이더 후작을 선택한 것이다.

리프나이더 후작의 눈썹은 찌푸려졌고, 오그레이 후작의 얼굴에 미소가 지어졌다.

쉬라락!

차차차창!

카카캉!

이내 그레이너의 공격이 시작됐다.

리프나이더 후작은 우선 방어를 했다.

아무리 하수라도 소드마스터는 소드마스터.

우습게 볼 수는 없었다.

상대를 먼저 파악하기 위해선 방어가 적절했다.

'그게 아니더라도 시작부터 국서를 이겨버리면 절대 좋은 모습으로 보이지 않지.'

자신이 선택된 이상 적당한 양상을 연출해 줘야 했다.

무참히 승리하는 것이 아니라 아량과 관용, 배려가 느껴지게 이겨야 했다.

그래야 자신의 위신이 살고 여왕이나 국서가 앙심을 품지 않았다.

태탱! 카카캉!

차라라라! 그극!

그레이너는 더블 소드를 이용해 화려한 공격을 펼쳤다.

휘두르는 검이 너무나 빨라 웬만한 사람은 눈에 보이지도 않을 정도였다.

덕분에 관전 중인 사람들의 눈은 상하좌우 빠르게 움직이고 있었다.

'이거, 보통이 아닌데?'

한편, 한쪽으로 물러선 오그레이 후작의 표정은 어느새 살짝 굳어져 있었다.

리프나이더 후작이 선택된 것에 속으로 쾌재를 불렀는데, 이후 대전을 보니 표정이 변할 수밖에 없었다.

국서의 검술이 보통이 아니었던 것이다.

'국서는 질리언 검술을 익혔다고 하지 않았나? 질리언 검술의 느낌이 있기는 하지만 거의 다른 검술이야.'

특히 검술이 약간 생각했던 것과는 달랐다.

질리언 검술은 투박하고 빈틈이 많은 검술이었는데 지금

모습을 봤을 땐 그런 것이 전혀 없었다.

'미치겠군.'

오그레이 후작과 똑같은 생각을 하는 사람이 한 명 더 있었으니, 바로 대전을 펼치고 있는 리프나이더 후작이었다.

후작은 처음과 달리 상당히 당황하고 있었다.

생각보다 우습게 볼만한 상대가 아니었기 때문이다.

제대로 실력만 발휘하면 간단하게 끝낼 거라 봤는데, 막상 검을 마주해 보니 그럴 만한 실력이 아니었다.

'예상보다 훨씬 강하다.'

리프나이더 후작은 상대를 우습게보고 방어로 시작한 것을 후회했다.

방어로 시작한 덕분에 공격을 할 수가 없었다.

하나의 검이면 뭔가 반격의 계기를 마련하겠는데, 두 개의 검이 번갈아가며 공격을 하니 틈이 없었다.

중요한 건 더블 소드를 사용하는 소드마스터는 상대해 본 적이 없다는 것이다.

더블 소드는 그만큼 마나와 체력 소모가 크기에 경지가 높아질수록 기피한다. 비효율적이기 때문이다. 그래서 소드마스터 중에는 더블 소드를 사용하는 자가 없다.

그런데 국서가 더블 소드를 이용해 공격을 들어오니 낯선 만큼 당황스러울 수밖에 없다.

"이, 이거 상황이 이상하게 돌아가는데?"

"그러게 말이야. 리프나이더 후작 각하께서 반격조차 못하시잖아. 이러다 지는 거 아니야?"

"에이, 설마. 그러겠는가."

그런 분위기는 어느새 관중석까지 흘러들어갔다.

문외한이 봐도 리프나이더 후작이 밀리는 모양새가 적나라하게 보이는 것이다.

"어허 이 사람들! 잘 알지도 못하면서 함부로 말하는구만. 리프나이더 후작 각하가 어떤 분이신가? 무려 기사의 서열 7위이신 분이네. 그런 분이 저런 모습을 보이는 이유 국서보다 약해서 그런 것이겠는가."

"그럼 뭔가?"

"국서의 체면을 생각하시는 것 아닌가. 지금 당장 대전을 끝낼 수도 있지만 그러면 국서의 체면이 어떻게 되겠는가. 또 그걸 보시는 전하의 마음은 어떻겠는가. 모든 정황을 감안하시고 저리하시는 거네."

"아!"

"듣고 보니 그렇구먼."

"시간이 지나면 본 실력을 드러내실 것이네. 포이즌 우드 대륙의 10대 검술 중 하나인 사헤타피 검술의 진수가 펼쳐질 거야. 그럼 반대의 양상이 벌어지겠지."

같은 파벌의 몇몇 귀족들이 의심했지만 이내 후작을 두둔하는 의견으로 인해 의혹은 금세 불식됐다. 그러며 사헤타피 검술의 1인자라는 리프나이더 후작의 진면목이 드러날 것이라 믿어 의심치 않았다.

만약 후작이 이 이야기를 들었다면 낯 뜨거운 얼굴을 했을지도 몰랐다. 처음 의도는 그랬을지 몰라도 지금은 의도와 다른 상황이기 때문이다.

하지만 그렇다고 완전히 거짓이 아닌 것은 후작이 잘 대응을 하는 와중 조금씩 적응하며 상대를 파악하고 있다는 것이었다. 그런 만큼 언제든 반격할 수 있도록 마음의 준비를 한 상태였다.

'지칠 때를 기다리자.'

결국 리프나이더 후작이 세운 작전은 기다림이었다.

국서를 상대해본 결과 무시할 만한 실력이 아니었다. 처음과 달리 인정할 수밖에 없었다.

그렇다면 전략이 필요했고 그래서 생각한 것이 바로 기다리는 것이었다.

더블 소드는 화려한 공격과 강한 힘을 낼 수 있지만 마나소모가 극심했다. 두 개의 검에 오러 블레이드를 만들어내는 만큼 당연한 이치였다.

때문에 기다리다 보면 상대의 힘이 먼저 떨어질 것이 분명했다. 리프나이더 후작은 바로 그 순간을 기다리겠다는 뜻이었다.

'버티기로 했군.'

대전을 지켜보던 오그레이 후작은 그것을 눈치챘다. 리프나이더 후작의 움직임이 방어적으로 변한 걸 본 것이다.

　그도 리프나이더 후작과 마찬가지로 국서의 실력에 놀라고 있었다. 자신이었어도 리프나이더 후작의 지금 상황과 그다지 다르지 않을 거라 판단이 됐다.

　그렇기에 그는 방어적으로 나선 리프나이더 후작의 결정을 비웃지 않았다.

　스륵.

　그래서 그런 것일까.

　오그레이 후작의 손이 자연스럽게 검 손잡이를 향했다.

　가늘어진 그의 시선은 그레이너에 주시하고 있었다.

　'이상하군. 이럴 리가 없는데.'

　얼마의 시간이 흘렀을까.

　리프나이더 후작의 표정이 좋지 못했다.

　그는 여전히 방어에 치중하고 있었는데, 그런 와중 눈빛이 흔들렸다. 예상치 못한 상황이 그를 당황시키고 있었기 때문이다.

　'이 정도면 힘이 떨어질 만도 하건만, 왜 멀쩡한 거지?'

　상당한 시간이 흘렀는데도 국서의 움직임이나 오러 블레이드의 위력이 여전했다. 아니, 처음과 전혀 다르지 않을 정도로 똑같았다.

그 때문에 후작은 당혹스러웠다. 오히려 방어에 치중했던 자신이 더 힘이 떨어진 상태였기 때문이다.

반격의 기회를 노리고 마나 소모를 아꼈던 자신이 먼저 지치다니, 이건 말이 되질 않았다.

'마나양이 나보다 많을 리가 없을 텐데. 도대체 어떻게 지금까지 오러 블레이드 유지를······.'

마나양은 나이와 연관이 깊었다.

마나를 얻는 방법은 마나연공법을 통해 자연의 마나를 수련자의 몸에 쌓는 것인데, 이건 세월에 따라 그 양이 정해졌다. 마나연공법의 수준에 따라 쌓이는 양이 다를 순 있지만 그것이 몇 십 년이나 몇 백 년을 뛰어넘을 정도로 차이가 나는 건 아니었다.

그렇기 때문에 누가 봐도 나이를 감안하면 리프나이더 후작의 마나가 더 많은 것이 당연했고, 그것을 알기에 의문이 들 수밖에 없었다. 국서가 어떻게 지금까지 처음과 변함없이 오러 블레이드를 유지할 수 있는지.

'나보다 마나양이 많은 건 불가능하다. 나조차도 더블 소드를 사용했다면 지금까지 유지하기가 힘들었을 텐데 젊은 국서가 가능할 리가 없다. 그건 말이 되지 않아. 그렇다면 결론은 나름 마나 소모를 적게 하는 자기만의 방법이 있다는 것인데······.'

그런 생각이 들자 그제야 국서의 자만심이 이해가 됐다. 더블 소드를 사용하면서도 오러 블레이드를 오래 유지할 수 있는 방법이 있다면 누구라도 충분히 자신감을 가질 수 있는 일이었다.

한데 그렇게 생각하자 갑자기 머리가 복잡해졌다.

작전대로 계속 방어만 해도 되는지 의혹이 일은 것이다.

만약 국서의 지금 모습이 마나 소모를 줄이는 어떤 방법에 의한 것이라면 방어는 최악의 선택이었다. 결국 마지막에 가서 지치는 건 후작, 그가 될 것이기 때문이다.

'이런!'

그런 생각을 하자 리프나이더 후작의 눈빛이 변했다.

후작의 결단을 빨랐다.

그가 검을 강하게 움켜쥐더니,

휘리리릭!

쉬악!

몸을 회전시키면 검을 휘둘렀다.

국서의 공격을 쳐내고 반격을 할 심산인 것이다.

방어 작전을 포기한 것이다.

그런데,

쩌어엉!

'으윽!'

엄청난 굉음과 함께 후작의 신형이 뒤로 밀려났다.

마치 예상이라도 했다는 듯 뿌리치려고 휘두른 후작의 검을 그레이너가 내려쳐 버린 것이다.

그것도 두 자루의 검으로 동시에.

리프나이더 후작은 놀라서 커진 눈으로 그레이너를 봤다.

'이놈이!'

달려드는 국서가 웃고 있었다.

그 웃음은 이렇게 말하고 있었다.

'이제 깨달았더라도 소용없다!'

차차차차창!

카카카캉!

그레이너의 검이 리프나이더 후작을 덮쳤고, 후작은 급히 방어에 들어갔다.

공격은 더욱 거세졌다.

반격은 생각도 못할 정도로 한결 매서워졌다.

웅성웅성!

"뭐야, 이거 상황이 이상하게 돌아가는데?"

"후작 각하께서 봐주신다는 거 아니었나? 방금 뿌리치려고 하셨는데 오히려 국서에게 막히지 않았는가?"

"그, 그게 음……."

그 변화는 관중석의 귀족들도 모르지 않았다.

후작의 얼굴이 처음과 달리 침중한데다 시간이 지나도 공격 한 번 못해보고 있으니 의혹이 생길 수밖에 없었다.

결국 후작을 두둔하며 방어의 정당성을 설파하던 귀족들

도 입을 다물었다. 그들 눈에도 자신들이 말한 상황과 맞지 않음이 느껴졌기 때문이다.

'변했다!'

후작의 시선이 가늘어졌다.

국서의 왼쪽 검이 달라졌다.

지금까지 두 검이 일정하게 연환 공격을 해왔는데 갑자기 왼쪽 검이 변칙적으로 움직였다.

채채챙!

스악!

그러다 순간, 오른쪽 검을 쳐내는 와중 왼쪽 검이 허리로 파고들었다.

"찻!"

후작이 그것을 느끼고 급히 몸을 틀었다.

그러자 압박하고 있던 그레이너와의 거리가 가까워지고 말았다.

그레이너는 그 찬스를 놓치지 않았다.

탓!

"엇!"

그레이너가 검을 거두며 한 발자국 앞으로 가 몸을 들이밀었다.

후작이 깜짝 놀라 거리를 벌이려는 찰나,

뿌악!

타격음과 함께 후작의 신형이 흔들렸다.

'크읍!'

후작의 시선이 아래를 향했다.

가까이 붙은 국서의 무릎이 자신의 옆구리에 깊숙이 박혀 있었다.

조금의 틈을 놓치지 않고 공격이 들어왔고 그는 그것을 허용하고 만 것이다.

후작의 신형이 밀려나며 일그러진 표정을 숨기지 못했다.

엄청난 고통이 상체로 밀려들어왔기 때문이다.

'갈비뼈가 부러졌다!'

통증으로 인해 알 수 있었다.

단 한 번의 공격에 갈비뼈 몇 대가 부러졌음을.

"이익!"

카카캉! 챙!

그그극!

상태를 확인하기 위해 옆구리를 만져보고 싶었지만 그럴 겨를이 없었다.

즉시 국서의 공격이 이어졌기 때문이다.

그레이너는 두 개의 검을 한 번에 내려쳤고, 후작은 검을 들어 막았다.

그리고 그대로 힘 싸움이 되었다.

"크으읍!"

후작의 표정이 심하게 일그러졌다.

부리진 갈비뼈로 인해 숨 쉬는 건 물론이고 허리를 움직이는 것조차 힘들었다.

그런데 힘 싸움으로 인해 압박이 가해지니 엄청난 고통이 밀려온 것이다.

'안 된다! 이러다가는 패배한다!'

위기감이 후작의 뇌리를 스쳤다.

분위기가 완전히 국서에게로 넘어가고 있었다.

한데 그런 생각을 하는 와중,

가가각!

턱!

그레이너가 검을 앞으로 밀어 다가서더니 두 개의 검으로 후작의 검을 붙잡았다.

"앗!"

후작이 놀라서 경악성을 외치자마자,

빠각!

우드득!

"크아악!"

좀 더 큰 타격음과 함께 처음으로 후작이 비명을 질렀다.

그레이너가 이번엔 반대쪽 갈비뼈를 부서뜨려 버린 것이다.

"으으윽!"

후작의 눈에 불똥이 튀면서 허리가 숙여졌다.

너무나 큰 고통에 몸이 저절로 무너진 것이다.

그것을 그레이너는 놓치지 않았다.

쉬익!

다시 한 번 오른 무릎이 날아갔다.

후작의 숙여진 머리를 향해.

그런데 그때,

쉬라락!

갑작스러운 검풍이 그레이너를 덮쳤다.

타닷!

그것을 감지하자마자 그레이너는 공격을 포기하고 물러났다.

"괜찮으시오?"

이윽고 검풍과 함께 누군가가 나타나 리프나이더 후작을 부축했다.

바로 오그레이 후작이었다.

"엇! 아니, 오그레이 후작 각하가······!"

오그레이 후작이 나서자 관중들이 놀랐다.

그가 갑자기 이렇게 끼어들 줄은 몰랐기 때문이다.

'어쩔 수 없다.'

오그레이 후작의 난입은 사실 어쩔 수 없는 입장 때문이었다.

리프나이더 후작이 패하면 그의 운명도 같이 결정이 되었다.

해서 그냥 두고 볼 수가 없었던 것이다.

'국서는 둘 다 상대하겠다고 발언했다. 문제될 건 없다.'

오그레이 후작은 그레이너의 처음 발언을 위안삼아 자신의 행동에 정당성을 부여했다. 그렇게라도 해야 마음 깊은 곳에서 느껴지는 부끄러움을 희석시킬 수 있기 때문이다.

"언제 나설 건지 궁금하던 참이었소. 그럼 이제 제대로 겨루어 봅시다."

"......."

질책하기는커녕 예상했다는 듯한 그레이너의 말에 오그레이 후작 표정이 굳었다.

겨루기 전에 저 말을 들었다면 역시나 자만심의 일부분이라 여겼을 것이다.

하지만 지금은 아니었다.

국서는 저런 발언을 해도 문제가 되지 않을 정도의 실력을 가지고 있었다.

결국 자만심에 상대를 얕본 건 국서가 아니라 자신과 리프나이더 후작인 것이었다.

"싸울 수 있나?"

오그레이 후작이 허리를 숙이고 있는 리프나이더 후작에게 물었다.

"크윽!"

리프나이더 후작이 허리를 펴며 힘줄이 도드라진 얼굴로 답했다.

"…있다."

그 모습에 오그레이 후작은 리프나이더 후작의 상태가 어느 정도인지 짐작이 갔다.

별 도움이 되지 않을 것을 알았지만 다른 말은 하지 않았다.

같은 입장이었어도 마찬가지로 자존심에 물러서지 않았을 것이기 때문이다.

타탓!

그때였다.

'있다'라는 말이 끝나자마자 그레이너가 움직였다.

오그레이 후작은 기다렸다는 듯 맞설 준비를 했다.

그런데,

쉬악!

'엇!'

오그레이 후작의 눈빛에 순간 당황의 감정의 떠올랐다.

그레이너의 공격이 리프나이더 후작을 향했기 때문이다.

분위기나 흐름상 자신과 국서의 대결로 변한 상황에 논외나 마찬가지인 리프나이더 후작 공격은 당혹스러운 일이었다.

"……!"

리프나이더 후작도 놀랐는지 눈이 커졌다.

자신에게 공격이 들어올 줄은 생각지 못한 것이다.

카캉!

리프나이더 후작은 검을 들어 공격을 막았다.

막기는 했지만 부상으로 인해 이전과 같은 힘으로 방어할 수는 없었다.

"으윽!"

리프나이더 후작의 몸이 휘청거리며 뒤로 밀려났다.

그레이너는 그것을 즉시 쫓았다.

샤라락!

오그레이 후작이 중간에 비집고 들어왔다.

리프나이더 후작에게 다가가려는 그레이너를 공격하며 물러서게 만들려 했다.

챙!

샤삭!

하지만 예상대로 되지 않았다.

그레이너가 왼쪽 검으로 방어를 하고 오른쪽 검으로 리프나이더 후작을 공격했다.

"젠장!"

"큭!"

차창!

채채채챙!

리프나이더 후작은 힘들게 방어를 했고 그 순간부터 고난의 시작이었다.

그레이너는 리프나이더 후작을 집중적으로 공격했고, 오그레이 후작은 그것을 막기 위해 검을 휘둘렀다.

리프나이더 후작을 지키느라 오그레이 후작은 제대로 된 공격을 할 수가 없었다.

온 신경을 리프나이더 후작을 지키는 것에만 집중해야 했고 그 때문에 짜증이 일었다.

리프나이더 후작 때문에 처음 생각과는 완전히 다른 대전이 됐기 때문이다.

오그레이 후작 입장에서는 답답하지 않을 수 없었다.

'전쟁터에서나 쓰이는 수법에 걸리다니!'

전쟁 전략 중 적을 죽이기보다는 부상을 입히는데 목적을 둔 방법이 있었다. 적군의 부상자를 많이 만들어 그걸 지키고 관리하는 인원을 늘어나게 해서 군대의 운용을 어렵게 만드는 것이다.

지금이 딱 그런 상황이었다.

리프나이더 후작이라는 부상자 때문에 오그레이 후작이 제대로 전투를 벌이지 못하는 것이다.

한편으론 리프나이더 후작이 어찌되든 무시하고 국서를 공격할 수도 있었다.

하지만 그랬다가는 비난을 피하기 어려웠다.

아군을 희생시켜 승리를 쟁취하려는 모습으로 비춰지기 때문이다.

거기다 만약 그런 결정을 했음에도 이기지 못하면 어떻게 되겠는가.

아마 평판은 물론이고 명성에까지 치명적인 타격을 입을 것이 확실했다.

그렇기에 답답한 전투를 이어갈 수밖에 없었다.

카캉!

"윽!"

그런 와중 리프나이더 후작에게 다시 한 번 위험한 상황이 펼쳐졌다.

강한 공격에 다시 한 번 몸이 크게 휘청인 것이다.

'젠장!'

그에 오그레이 후작이 급히 달려갔다.

다음에 들어올 국서의 공격을 막기 위해.

그런데 막 국서를 막아서며 공격을 대비하는 그때,

쑤웅!

공격할 것이라 여겼던 국서의 검이 그를 스치며 허공을 가르는 것이 아닌가.

'무슨… 헉!'

알 수 없는 행동에 의아해하던 오그레이 후작의 눈이 순간 커졌다.

국서가 자신에게 몸을 바짝 붙였기 때문이다.

이건 리프나이더 후작을 공격했을 때와 똑같은 상황이었
다.

'당했다!'

그제야 깨달았다.

국서가 지금을 위해 리프나이더 후작을 집중 공격했음을.

리프나이더 후작이 목표라는 인식이 자신에게 심어진 덕
분에 오히려 자기 자신에 대한 경계심이 느슨해진 것이다.

"이익!"

급히 오른쪽 팔꿈치를 내렸다.

그러며 오른쪽 옆구리에 마나를 집중시켰다.

그곳으로 공격이 들어오는 것이 느껴졌기 때문이다.

뻐억!

'크윽!'

눈이 번쩍 떠졌다.

얼마나 아픈지 옆구리가 찢어질 것 같았다.

다행히 갈비뼈는 지켰지만 내부에 충격을 입었다.

장기가 흔들렸는지 헛구역질이 나올 것 같았다.

'하지만 그럴 시간이 없다.'

빨리 거리를 벌려야 했다.

아니면 바로 다음 공격이 들어올 것이기 때문이다.

타타탓!

후작은 발을 구르며 뒤로 몸을 날렸다.

대비한 만큼 움직임은 마치 연계동작처럼 재빨랐다.

'됐… 헉!'

그런데 국서의 행동에 그는 경악하고 말았다.

마치 그의 생각을 읽고 있는 것처럼 똑같이 몸을 날리는 것이 아닌가.

완전히 딱 붙어서는 바로 다음 공격을 하고 있었다.

'똑같이 당하지는 않는다!'

오그레이 후작의 눈이 매서워졌다.

바보가 아닌 이상 리프나이더 후작이 당한 것을 보고도 똑같이 당할 그가 아니었다.

쉬악!

그는 왼손에 검을 들어 그대로 옆구리 쪽으로 내려찍었다.

리프나이더 후작이 당한 것과 마찬가지로 이번엔 반대쪽으로 무릎 공격이 들어왔기 때문이다.

이대로 국서의 다리를 잘라내 버릴 심산이었다.

한데 그때,

터덕!

'응?'

옆구리에 신경을 쓰던 오그레이 후작은 갑작스러운 이질감에 시선을 다시 정면으로 향했다.

그리고 그는 봤다.

자신의 목깃을 잡고 있는 국서의 왼손을.

"……!"

후작은 놀라지 않을 수 없었다.

검을 잡고 있어야 할 왼손이 어떻게 자신의 목깃을 잡고 있단 말인가.

'저, 저……!'

그러다 그의 눈에 들어왔다.

좀 전에 공격을 당했던 자리에 꽂혀 있는 국서의 검을.

국서는 이럴 것을 예상하고 아예 검을 버린 것이다.

'제기랄!'

빠각!

순간, 엄청난 타격음과 함께 오그레이 후작의 머리가 뒤로 젖혀졌다.

그레이너가 목깃을 잡은 왼손을 끌어당겨 박치기를 한 것이다.

쿠당탕!

오그레이 후작은 그대로 나뒹굴더니 움직이지 않았다.

그대로 기절한 것이다.

저벅, 저벅.

그레이너는 오그레이 후작을 확인하고는 리프나이더 후작에게 걸어갔다.

리프나이더 후작은 잠깐 사이에 당한 오그레이 후작을 망연자실한 눈빛으로 바라봤다.

이윽고 다가온 그레이너가 물었다.

"계속할 텐가?"

"……."

그 말에 리프나이더 후작이 잠시 그레이너를 보다가 이내 검을 던졌다.

"졌습니다."

결국 후작은 패배를 인정하고 말았다.

"……."

대전 결과에 연무장은 조용했다.

그렇게 대전은 그레이너의 승리로 결정이 났고, 연무장을 빠져가는 로즈 여왕의 얼굴엔 미소가 떠올랐다.

CHAPTER **09**
알사우스와 로젠블러

에드리언 공작과 델핀 공작이 실각됐다!

왕실에서 벌어진 일은 순식간에 바깥으로 퍼져나갔다.

소식을 들은 백성들은 크게 놀랐다. 전혀 예상치 못한 일이 벌어졌기 때문이다.

두 공작의 실각 소식에 사람들은 왕실에 엄청 일이 벌어졌음을 깨닫지 않을 수 없었다. 여왕의 가장 큰 견제 세력인 두 파벌의 중심인 공작들이 쫓겨났으니 말이다.

하지만 사람들을 가장 놀라게 만든 건 두 공작의 소식이 아니었다. 바로 이어서 나온 다음 소식이었다.

파벌에서 물러나는 조건으로 데미안 국서와 리프나이더 후작,
오그레이 후작 세 명이 1 대 2로 대전을 벌였고, 결과는 데미안
국서의 승리로 결판이 났다!

사람들은 경악을 금치 못했다.

리프나이더 후작과 오그레이 후작이 지다니.

그것도 1대 2의 대전에서.

처음엔 믿지 않는 사람들이 많았다. 두 후작 모두 아즈라
왕국을 대표하는 기사의 상징이었다. 두 후작의 강함을 동
경하는 이가 많았고, 아즈라 백성에겐 자랑함에 주저하지
않아도 되는 대표적인 인물들이었다. 무려 기사의 서열 7위
와 10위의 실력자인 두 사람이 패배했다는 것은 믿기 힘든
일이었다.

더구나 그 두 사람을 이긴 것이 다름 아닌 국서라니.

국서가 소드마스터가 되었더라도 혼자서 두 사람을 이긴
다는 건 말도 안 된다 여겼다.

하지만 소식은 사실로 밝혀졌고 사람들은 충격에 빠지지
않을 수 없었다.

이후엔 두 사람이 일방적으로 당했다는 소식까지 퍼져 사
람들을 더욱 경악스럽게 만들었다.

그렇게 되자 사람들은 국서의 강함이 어느 정도인지 짐작

하기 시작했다. 새로운 강자가 나타난 데다 그 신분이 국서이다 보니 너도나도 국서가 어느 정도 강할 것이다라는 의견을 냈다.

그것은 소문이 되어 사람들 사이에 퍼져나갔고, 뒤에 가선 '국서가 땅을 가르는 것을 봤다!' 든지 '국서가 검을 휘두르니 수백 그루의 나무가 잘려나갔다' 등의 거짓 목격담까지 등장했다.

왕실은 그런 상황을 보며 굳이 소문이 퍼져나가는 것을 막지 않았다. 그 이유는 몇 가지가 있는데, 우선 불안함을 잠재우는데 효과적이기 때문이었다.

리프나이더 후작과 오그레이 후작은 그 이름만으로도 아즈라 백성들을 안심시키는 존재였다. 그런 두 사람이 패배를 했으니 불안감이 생겨날 수 있었다. 두 사람이 나이가 들면서 약해졌다는 불안감. 그것을 국서라는 새로운 인물을 통해 메꾸는 것이다. 젊고 더 강한 국서를 통해 말이다.

다행히 의도하기도 전에 흐름은 원하는 쪽으로 흘러갔고, 그것은 오히려 신봉의 경지까지 오르기도 했다.

또 다른 목적은 국서에게 집중된 시선이 결국 온전히 여왕에게로 귀결되기 때문이었다.

어찌되었든 나라의 중심은 여왕이고, 국서가 남편인 만큼 국서의 화제는 여왕에게 도움이 될 수밖에 없었다. 국서가 곁에 있다는 것만으로 여왕의 무게감이 상승하고, 그로 인해 왕위에 오른 지 얼마 되지 않는 여왕에게 가질 미심쩍은 마음도 사라지게 만드는 효과를 가져오는 것이다.

더불어 왕실의 권력이 온전히 여왕에게 집중되었음을 자연스럽게 알게 되었다.

하여튼 여러 가지 이유로 인해 국서의 인기는 대단히 올라갔고 덕분에 바라보는 인식도 많이 바뀌었다. 이전까진 공주와의 결혼으로 신분이 급상승한 운 좋은 호위기사였다면, 지금은 여왕의 든든한 버팀목이 되는 엄청난 실력의 소드마스터가 된 것이다.

그런 옛날이야기에나 나올 법한 상황에 사람들은 호기심과 즐거움을 느꼈고, 더 많은 이야기를 원했다. 그에 두 사람에 대한 소문이 재생성되며 아름다운 러브스토리로 여기저기 퍼져 나갔다.

그 효과로 인해 두 공작의 실각과 리프나이더 후작, 오그레이 후작의 패배 소식은 금세 사그라졌다.

그렇게 아즈라 왕실을 정리한 그레이너는 다음 행동에 들어갔다.

* * *

"저도 따라가겠어요."

아즈라 왕성에 자리한 국서 집무실.

그곳에 그레이너와 아비게일이 함께 자리를 하고 있었다.

아비게일이 그레이너를 찾아온 건 조금 전이었다. 왕실의 내부 알력을 정리한 그레이너의 다음 계획을 알고 싶던 그녀는 직접 찾아와 물었고, 이야기를 모두 듣자 이런 대답을 꺼낸 것이다.

그레이너가 고개를 저었다.

"안 되오. 그곳에 다른 인간은 갈 수 없소. 그리고 그것이 아니라도 누군가와 함께 갈 생각도, 이유도 없소."

"당신은 없어도 나는 있어요. 그때 당신에게 진 빚."

"……"

그레이너의 눈빛이 살짝 변했다. 아비게일이 말하는 빛이 무얼 뜻하는지 아는 것이다.

바로 데미안의 죽음을 말하는 것이다. 군주학살사건 때 그레이너를 두고 온 것 때문에 아비게일은 마음의 짐을 가지고 있었다. 죽었다고 생각했던 그레이너가 살아 있어 다행이라 여겼지만 동생인 데미안 국서에 대한 마음의 짐은 여전히 남아 있는 것이다.

그레이너가 말했다.

"빚은 없소. 당신 책임이 아니니."

"당신은 그렇게 생각할지 몰라도 나는 아니에요. 당신에게는 동생의 문제지만 나는 국서의 문제니, 국서를 알아보지 못하고 자리를 떠난 내겐 책임이 있어요."

틀린 말은 아니었다. 복잡한 상황이라 알아보지 못했더라도 국서를 두고 떠난 건 사실이니까. 확실히 아비게일 후작에게도 이유가 있었다.

그럼에도 그레이너가 따라가는 걸 허락하지 않을 눈치이자 아비게일이 말했다.

"당신이 뭘 걱정하는지 알아요. 전하의 안전과 아즈라 척살단 때문이겠죠. 둘 중에 한 곳엔 내가 필요할 것이라고."

"맞소."

"둘 다 내가 없어도 문제는 없을 거예요. 당신이 리프나이더 후작과 오그레이 후작을 꺾은 덕분에 이제 전하를 위협할 사람은 없어요. 파벌을 이끌던 두 공작도 물러났고 귀족들도 감히 여왕 전하께 고개도 들지 못해요. 예전과는 완전히 달라졌죠."

그건 그랬다. 왕실을 완전히 정리하면서 이젠 여왕의 권력에 맞설 만한 이는 아무도 없었다.

"그리고 아즈라 척살단은 오그레이 후작에게 맡기면 되요. 자존심은 강해도 다른 마음을 품을 차는 아니니, 잠시 맡겨도 문제는 없을 거예요. 아니, 오히려 좋아할지도 모르죠. 리프나이더 후작이 부상으로 나서지 못하는 상황에 자신의 명성을 올릴 기회를 잡았으니."

대전의 영향으로 리프나이더 후작은 당분간 대외적으로 나서기 힘들었다. 결국 척살단을 맡을 사람은 아비게일과 오그레이 후작 둘 중 하나였고, 아비게일은 오그레이 후작이 적합하다고 말하는 것이다.

그레이너가 말했다.

"설사 그렇다 해도 당신을 데려갈 순 없소. 그곳에 나 말고 다른 인간은 허락지 않으니까."

"그들이 그 정도로 당신을 믿는다면 나도 문제없는 거 아닌가요? 당신이 보증한다면 그들이 거부하진 않겠죠."

"……."

"설마 다른 핑계를 대려는 건 아니겠죠? 위험하다든지 같은?"

그레이너는 속으로 쓴웃음을 지었다. 그것도 고려안한 건 아니지만 일부러 말하지 않았다. 웬만한 위험에도 문제없는 여인이 바로 아비게일이지 않는가.

'도움이 되긴 할 것이다. 그녀 또한 능력을 가진 자이니.'

예전에 재생 능력으로 복원 능력을 가진 블랙6 브로디와 대등한 전투를 벌였던 아비게일이었다. 어떤 위험에도 살아남을 수 있는 여인이 아비게일인 것이다.

'하긴 내가 돌아오지 못할 상황도 염두에 둬야 하긴 하지. 그런 것까지 감안한다면…….'

그가 가려는 곳은 아주 위험한 곳이었다. 너무 위험해서 자신조차 살아남을 수 있을지 장담하기 힘들었다. 그럼에도 가려는 이유는 그곳에 로젠블러를 죽일 무기가 있기 때문이었다.

만약 무기를 얻는데 실패한다면 그레이너는 죽을 것이고, 자신의 죽음을 알릴 누군가가 필요하긴 했다. 아비게일이라면 충분히 살아남아 알릴 수 있는 능력이 있었다.

결국 그레이너는 고개를 끄덕였다.

"좋소."

아비게일의 얼굴에 미소가 지어졌다.

"잘 생각했어요."

"상당한 시일이 걸릴 것이니 준비를 하시오. 3일 후, 새벽에 봅시다."

"알겠어요."

이내 아비게일은 일어나 집무실을 나가려 했다. 그러다 손잡이를 잡고는 무언가 생각난 듯 물었다.

"그런데 우리가 가는 곳이 어디죠?"

그레이너는 간단하게 말했다.

"아디나."

　

＊　　　＊　　　＊

　

왕실이 정리되자 아즈라 척살단도 빠르게 준비 되었다.

오그레이 후작을 필두로 실력 있는 기사와 마법사들이 선출됐고, 그들은 3일 후 출정식과 함께 수도 솔라즈를 나섰다.

척살단의 목적지는 연합의 중심이자 동척살단의 소집 장

소인 시어스 제국.

아즈라 척살단이 출정하는 날, 다른 두 명도 길을 나섰다.

그레이너와 아비게일이.

*　　　*　　　*

"이곳인가?"

아스퀴 산맥의 북쪽 끝.

일명 황천의 끝자락이라 불리는 곳.

그곳에서 십여 명의 인물들이 주변을 두리번거리고 있었다.

그런데 일행이 조금 특이했다. 일행에 인간으로 보기 힘들 정도로 커다란 자들이 존재했던 것이다.

그들은 바로 에티안의 집행관 알사우스를 비롯한 라단족 전사들이었다. 그들이 어쩐 일인지 아스퀴 산맥의 깊숙한 곳에 모습을 드러냈다.

에티안 인물들이 이곳에 나타난 이유는 디로드의 혼적 때문이었다. 얼마 전 디로드에 대한 소식을 접했고 그에 라단족을 이끌고 나타난 것이다.

"이곳, 뭔가 이상하군."

라단족 전사 중 프라샨트가 말했다.

같은 라단족 전사인 쉘파가 고개를 끄덕였다.

"숨겨진 뭔가가 있다. 강력한 힘에 의해 보이지 않아. 우리 눈에도 말이지."

쉘파는 자신들을 강조했다. 그럴 정도로 본인들이 가진 힘을 자신하는 것이다.

알사우스나 에티안의 다른 인물들은 그것을 부정하지 않았다. 쉘파의 말을 부정하지 못할 정도로 진정 라단족의 힘은 강력하기 때문이다. 특히 이들 1전사 세 명은 상상하기 어려울 정도였다.

그런 그들이 무언가 있다고 말한다면 확실히 뭔가 있다는 뜻이었다.

"집행관님."

그대 한 명이 알사우스에게 다가갔다.

바로 에티안의 사자, 펠튼.

펠튼이 말했다.

"숨겨진 것이 있다면 자세히 탐색하는 것이 어떻겠습니까? 디로드가 왔었다면 뭔가 있는 것이 분명하지 않습니까?"

"음."

알사우스는 일리가 있다 생각했다. 확실히 살펴볼 이유가 있었다. 그런데 막 허락을 하려는 순간 쉘파가 먼저 말을 꺼냈다.

"아니, 하지 않는 것이 좋다."

알사우스와 펠튼의 시선이 그를 향했다. 알사우스가 이유를 묻기도 전에 그가 말을 이었다.

"숨겨진 무언가를 위해 강력한 힘이 방해하고 있다. 특히 저 석상들."

쉘파의 말에 따라 사람들의 시선이 석상들을 향했다.

"보통 석상이 아니다. 너희 정도는 인식도 못한 채 죽을 정도다."

'석상이?'

펠튼은 믿기지 않는 눈으로 석상들을 바라봤다. 겉으로 봤을 때 특별한 점은 없었다. 세월에 부서지고 깎인 허름한 석상들일 뿐이었다.

하지만 쉘파의 말을 허풍으로 생각하진 않았다. 아무리 허무맹랑해도 라단족 1전사가 말하는 것이라면 거짓이 아닐 테니.

"그럼 다른 방법을 찾아야 하는 것 아닙니까?"

"……."

알사우스는 대답 대신 쉘파 등을 바라봤다.

그는 왠지 라단족 전사들이 이상한 현상에 대해 짐작하고 있는 것으로 느껴졌다. 평소와 다른 눈빛으로 '강력한 힘'을 강조하고 있기 때문이다.

결국 알사우스가 물어보려 했는데 그때,

"알사우스, 오랜만이군."

갑자기 낯선 이의 목소리가 들려왔다.

일행의 시선은 소리가 들린 곳으로 향했다.

바로 자신들의 정면에서 안개를 뚫고 일련의 인물들이 등장했다. 그중 맨 앞에 있는 자가 알사우스를 보며 미소를 짓고 있었다.

알사우스의 눈빛이 변했다.

그가 알고 있는 얼굴이었던 것이다.

"로젠블러."

그렇다. 그자는 바로 디로드의 수장 로젠블러였다.

일련의 인물들은 디로드의 하수인들이었던 것이다.

스륵.

디로드의 등장에 에티안 인물들이 무기에 손을 가져갔다.

펠튼도 검 손잡이를 잡으며 언제라도 공격할 준비를 했다.

"훗."

로젠블러는 그것을 보고 코웃음을 칠 뿐, 크게 신경 쓰지 않았다. 대신 그의 시선은 다른 자들을 향했다. 거대한 자들을 향해.

로젠블러의 눈빛이 잠깐 달라졌다가 다시 원상태로 돌아왔다. 그의 시선은 알사우스를 향해 돌아갔고 이내 입을 열었다.

"이런 한적한 곳에서 널 만나다니, 우연도 참 대단한 우연이군. 얼굴을 보아하니 예나 지금이나 희멀겋게 물에 젖은 빵과 비슷한 건 여전하군."

"네놈이 내게 그런 말을 할 자격이 있느냐. 어둡고 역겨운 데다 오물 같은 지독한 기운을 내뿜는 주제에 말이야."

두 사람은 서로를 향해 서슴없이 독설을 내뱉었다. 그야말로 누가 봐도 앙숙임을 알 수 있는 모습이었다.

그들은 서로를 잠시 노려봤고, 로젠블러가 다시 말을 꺼냈다.

"그나저나 이곳엔 웬일이지? 설마 날 찾아온 건가?"

"잘 알고 있군. 네놈이 뭔가 일을 꾸미는 것 같아 이참에 중간계에서 지워버릴 생각으로 이곳에 왔다."

로젠블러의 시선이 라단족 전사들을 향했다.

"저들로 말이냐? 알사우스, 많이 궁핍해졌나 보군. 이젠 혼자 힘으론 어쩌지 못하니까 라단족에게까지 도움을 청하다니. 그리도 내가 두렵더냐?"

"헛소리는 집어치워라. 네놈을 완전히 끝장내기 위함일 뿐, 너 따위를 두려워할 내가 아니다."

로젠블러는 이미 라단족 전사들을 알고 있던 모양이었다. 적대 세력인 만큼 에티안의 한 부분인 라단족에 대해서도 모르지 않는 그였다.

"보기 흉하군, 알사우스. 그런 핑계로 넘어가려 하다니. 라단족? 인정하지. 종족의 강함을 자… 아니, 무시할 순 없지. 하지만 그 정도를 가지고 날 어쩌지는 못할 거야. 오히려 목숨을 걸어야 될 걸?"

쿵!

로젠블러의 도발에 쉘파가 한 발자국 나섰다. 그가 무서운 눈빛을 쏘아내며 말했다.

"어둠의 졸개 따위가 말이 많군. 목숨을 걸고 안 걸고는 싸워 보면 알 일. 자신 있는 듯하니 내가 상대해주마."

쉘파 당장에 나서려는 듯 무기를 집어 들었다.

그에 블랙4 소냐가 아무 말 없이 앞으로 나서려했다.

로젠블러는 손을 들어 그것을 제지시키며 말했다.

"어이, 이름 모를 라단족 전사. 급할 것 없잖아. 재촉하지 않아도 전투가 벌어지면 죽여줄 테니 기다려보라고. 그전에 제안을 할 것이 있으니."

알사우스가 말했다.

"제안? 흥, 무슨 꿍꿍이속이냐? 어떤 제안을 하던 우린 받아들일 생각이 없다."

"후후, 주신의 장막에 관한 것이라도 말이냐?"

"……!"

주신의 장막이라는 말에 알사우스의 표정이 변했다.

에티안의 다른 자들도 마찬가지였다.

"그게 무슨 말이냐, 주신의 장막이라니? 설마 네놈이 꾸미는 일이 주신의 장막과 연관이 있다는 뜻이냐?"

로젠블러는 고개를 끄덕였다.

"그렇다. 그것과 관련된 것이다."

"흥, 시커먼 속내를 가지고 있는 네놈 말을 어떻게 믿지?"

"알사우스, 너는 믿지 않더라도 라단족은 믿을 것이다. 그들의 마법 감지 능력이라면 이곳이 누군가에 의해 만들어졌는지 알고 있을 테니까."

"뭐야?"

그 말에 알사우스의 시선이 라단족 전사들을 향했다.

그중 쉘파가 말했다.

"이곳은 우리도 범접하지 못할 강력한 힘이 느껴진다. 바로 주신의 힘."

에티안 인물들의 눈이 커졌다.

그렇다면 로젠블러의 말이 사실일 가능성이 높다는 것 아닌가.

알사우스는 그제야 쉘파 등이 이곳을 관찰하며 경외의 눈빛을 보인 의미를 알 수 있었다.

알사우스의 시선이 다시 로젠블러를 향하자 그가 어떠냐는 듯 제스처를 취했다.

그에 알사우스가 물었다.

"제안이라는 게 뭐지?"

결국 제안을 듣는 걸 받아들이자 로젠블러는 미소를 지었다. 그러더니 이윽고,

딱!

손가락을 튕기는 것이 아닌가.

그러자 디로드 몇 명이 안개 속으로 사라졌고 잠시 후 놀라운 일이 벌어졌다.

화아아아!

안개가 바람에 쓸려가듯 날아가더니 시야가 트인 것이다.

"아니!"

"저건!"

갑자기 에티안 인물들이 경악성을 내질렀다.

안개가 사라짐과 동시에 그들의 눈에 허공에 자리 잡은 신전을 발견한 것이다.

특히 알사우스는 신전을 보고 대단히 놀란 얼굴을 했다.

"아이네스의 성소!"

알사우스의 입에서 저절로 나온 말은 바로 아이네스의 성소. 아이네스는 주신의 이름이었다.

알사우스는 경악어린 눈으로 성소를 보다가 이내 로젠블러에게 다시 시선을 옮겼다.

"어떻게 찾은 것이냐?"

"후후, 그걸 말할 수는 없지. 하지만 엄청난 고난이 뒤따랐다는 것만 알아 두면 된다."

알사우스는 고개를 끄덕였다. 적이라도 충분히 인정할 만한 일이라 여기는 것이다.

"아이네스의 성소를 찾았다는 건 설마?"

"그래. 난 네가 짐작하는 그것을 도모하려 한다."

"대담하군. 차후에 벌어질 일은 생각지 않는 것이냐?"

"그건 내가 감당하지 않아도 될 일. 나는 그분께서 원하시는 대로 움직일 뿐이다. 너 역시 그렇지 않느냐."

"······."

알사우스는 부정하지 않았다. 그는 성소를 시선으로 가리키며 물었다.

"그렇다면 제안이라는 게 설마······."

"관련이 된 것이지. 이 일을 행하기 위해 일을 꾸몄다. 모두의 시선을 다른 데로 돌리려 했지."

'군주학살사건.'

알사우스는 즉시 알아차렸다.

그제야 로젠블러가 왜 일련의 일을 꾸며 냈는지 이해가 갔다. 바로 지금의 더 큰 것을 위해 작은 일들을 도모했던 것이다.

그리고 만약 지금 그가 짐작하는 일을 로젠블러가 계획하고 있다면 군주 학살이나 연합 전쟁은 작은 것에 불과했다.

"내 의도대로 됐다면 문제가 발생하지 않았을 텐데, 예상 외의 변수가 한 가지 생겨서 말이지. 밑에 있던 수하 중 하나가 설치면서 계획했던 것들이 틀어졌어. 그 때문에 전쟁도 멈춰버렸지."

"미리 처리했어야지."

"안 했을 거 같으냐? 확실하게 숨통까지 끊었는데 어떻게 된 건지 최근 들어온 정보에 의하면 살아 있더군. 아마도 조만간 다른 놈들을 데리고 이곳으로 올 모양이야."

"뭘 말하는지 알겠군. 손이 필요하다 이거군."

"네놈한테도 손해는 아닐 텐데? 네가 매일 외치는 '그날'에 도움이 될 테니 말이야."

알사우스는 잠시 생각에 잠겼다. 무슨 일을 꾸미는 건진 모르겠지만 로젠블러 말대로 손해는 아닌지 앙숙이면서도 쉽사리 거절하지 않았다.

결국 잠시 후, 그가 답했다.

"좋다."

"후후, 잘 생각했다."

"하지만 똑똑히 알아둬라. 네놈의 뜻대로 움직일 생각은 없다는 걸."

"그런 건 기대도 하지 않는다. 네놈이 알아서 잘 행동하리라 믿는다. 이 일은 네게도 중요한 것이니."

로젠블러는 그렇게 말하고는 수하들과 함께 성소로 몸을 날렸다.

"우리도 성소로 간다."

알사우스가 명을 내렸고 에티안의 다른 인물들은 어떤 상황인지 알지 못해 머뭇거렸다. 하지만 라단족 전사들이 망설임없이 움직이자 결국 그 뒤를 따랐다.

"집행관님."

펠튼이 알사우스에게 다가갔다.

"지금 무슨 상황인 겁니까? 로젠블러가 하려는 일이 뭐고, 왜 디로드의 일에 협력하시려는 겁니까?"

"펠튼."

알사우스가 펠튼의 어깨에 손을 얹었다.

"차차 알게 될 걸세. 가지."

그렇게 말하고는 그냥 발걸음을 옮기더니 금세 성소쪽으로 사라졌다.

"……."

펠튼의 표정은 심각하게 굳어졌다.

라단족 등장 이후 모든 상황이 그가 원치 않는 방향으로 흘러가고 있었다.

모두가 사라진 성소를 바라보던 펠튼도 결국 그곳으로 향했다.

CHAPTER **10**
위기

죽은 자들의 왕

아스퀴 산맥의 남쪽에 자리 잡은 위그 산.

위그 산은 험준하기 유명한 곳으로 인간은 물론 다른 이종족도 접근하지 않는 곳이었다. 여러 개의 봉우리로 이루어진 위그 산 곳곳에 수많은 종류의 몬스터는 물론, 기암절벽이 즐비했기 때문이다.

그런 험준한 위그 산의 가장 높은 봉우리 꼭대기에는 누구도 알지 못하는 동굴이 하나 있었다.

누가 봐도 절대 평범하지 않은 동굴로, 그 크기가 거대할 뿐 아니라 깊은 무게감까지 자리를 잡고 있었다.

동굴의 주인이 바로 포이즌 우드 대륙의 드래곤 로드인 카이네스의 레어였기 때문이다.

카이네스는 포이즌 우드 대륙의 모든 드래곤을 관장하는 우두머리로 아주 오래전부터 바깥에는 모습을 드러내지 않고 있었다.

동굴 깊숙한 곳.

서재로 보이는 장소에서 고블린 하나가 의자에 앉아 책을 읽고 있었다. 드래곤 레어에 고블린이라니, 아주 이질적인 모습이었지만 이상할 것 없었다. 그 고블린이 바로 동굴의 주인인 카이네스였기 때문이다.

그런데 책을 읽는 카이네스의 표정이 그다지 좋지 못했다. 마치 짜증이 섞여 있다고 해야 하나.

그 이유는 같은 공간에 있는 또 다른 존재 때문이었다.

서재엔 카이네스 혼자가 아닌 한 명이 더 있었는데, 한 명의 인간 여인이었다.

갈색 머릿결에 매력적인 눈을 가진 여인. 같은 인간이 봤다면 미녀라고 극찬을 하고도 남을 만한 여자였다.

"로드시여, 분명 뭔가 심상찮은 일이 벌어지고 있습니다. 불길한 느낌을 받았습니다."

여인은 카이네스에게 무언가를 말했다. 아마도 처음 꺼낸 말이 아닌 듯, 이 때문에 카이네스의 표정이 좋지 못한 것으로 보였다.

"정말입니다. 인간의 일이라고 하찮게 생각할 게 아니라 깊이……."

탁!

"그만!"

순간, 카이네스가 책을 덮으며 외쳤다.

결국 참지 못하고 말을 막은 것이다.

카이네스는 책을 탁자에 내려놓으며 말했다.

"정말 날 귀찮게 하는구나, 데비아니."

여인을 부른 이름, 데비아니.

그랬다. 여인의 정체는 드래곤 데비아니였던 것이다.

"겨우 유희 중에 일어난 일 가지고 호들갑이라니. 그것이 내 독서를 방해해도 될 정도의 일 같더냐?"

데비아니는 망설임없이 고개를 끄덕였다.

"예, 카이네스 님, 분명 그렇게 생각됩니다."

"휴."

카이네스는 고개를 저었다. 데비아니가 특이한 건 그가 잘 알고 있었다. 그리고 그녀의 이런 행동은 한두 번이 아니었다. 그렇기에 크게 관심을 가지지 않는 것이다.

"이름은 로젠블러라는 자입니다. 분명 인간인데 너무나 강력했고, 그자의 수하에게 날개가 살짝 그을리기까지 했습니다."

"……."

로젠블러라는 말에 카이네스의 눈빛이 살짝 변하기는 했

지만 금세 원래대로 돌아왔다. 그가 말했다.

"데비아니, 내가 인간세상의 유희에 대해 뭐라 주의를 주었느냐?"

"지금 그것이 중요한 게… 유희는 유희일 뿐 너무 빠져들지 말라고 했습니다. 그냥 유희로만 받아들이라고."

"그래. 그런데 넌 너무나도 깊숙이 빠져 정신을 차리지 못하는구나. 이러면 로드의 권한으로 유희를 금지시킬 수밖에 없다."

"깊숙이 빠진 것이 아니라 그레이너라는 인간 동료와 함께하며 알게 된 겁니다. 위험한 무언가를 꾸미고 있는 자라는 걸. 어쩌면 중간계의 질서에 영향을 줄 수 있는 그런 일 말이지요."

"인간이 무슨 수로 중간계의 질서에까지 영향을 줄 수 있단 말이냐. 이미 말했지만 유희는 유희로 끝내야 한다. 만약 그렇지 않고 선을 넘는다면 암흑의 대마법사에게 죽은 이베인처럼 될 뿐이다."

이베인이라는 말에 데비아니가 순간 멈칫했다.

인간 세상에 깊이 관여했다가 암흑의 대마법사라는 인간에게 죽은 드래곤 이베인에 관한 이야기는 드래곤 사이에서 유명한 이야기기 때문이다.

'내가 정말 유희에 빠진 것뿐인가?'

이베인을 떠올리자 데비아니는 처음으로 자신을 의심했다.

사실 빠졌다는 표현이 틀린 것은 아니었다. 그레이너의 죽음 이후 그녀는 이 일에 온 힘을 다하고 있었다.

'설마 그레이너에 대한 복수를 하고 싶은 마음에 이러는 것인가?'

왠지 그럴지도 모른단 생각이 들었다. 그레이너의 죽음은 그 정도로 그녀에게 충격이었으니.

"아니, 아니야."

하지만 이내 다시 고개를 저었다. 그 이유만으로 자신이 이러는 것은 아니었다. 그레이너의 죽음과 달리 알 수 없는 불길함을 확실히 느끼기 때문이었다.

결국 데비아니는 생각을 정리하고 다시 말을 하려는데.

"카이네스 님?"

카이네스의 표정이 이상했다.

훈계를 하던 모습은 어디가고, 심각한 표정을 짓고 있었다.

"왜 그러십니까?"

"……."

카이네스는 대답하지 않았다.

대신 뭔가를 느끼는 듯하더니 갑자기 고개를 들어 하늘을 바라봤다.

"이럴 수가!"

카이네스가 경악성을 내질렀다.

"플라이(Fly)!"

그러더니 마법과 함께 동굴 위로 뚫려 있는 하늘로 올라가는 것이 아닌가.

"카이네스 님! 플라이!"

데비아니도 곧 그 뒤를 따랐다.

"말도 안 된다! 어떻게 이런 일이!"

카이네스는 하늘을 보며 심각한 반응을 보였다.

데비아니도 하늘을 바라봤는데 조금 이상했다. 하늘이 총천연색으로 시시각각 변하고 있었던 것이다.

희미해서 알아차리기 힘든 정도였지만 드래곤인 두 존재에겐 어렵지 않게 파악할 수 있는 수준이었다.

"카이네스 님, 무슨 일인가요? 왜 그렇게 놀라시는 겁니까? 지금 이 현상은 무엇이고요?"

"……."

카이네스는 대답하지 않았다.

무언가를 보려는 듯 한 곳을 뚫어지게 바라보고 있었다.

바로 북쪽을 향해.

그러더니 곧,

"텔레포트(Teleport)!"

순간이동 마법으로 사라졌다.

데비아니는 뭔가 심각한 일이 벌어졌음을 직감하고 카이네스의 텔레포트 마나 연결점을 찾았다. 그러고는 즉시 그 뒤를 따랐다.

"텔레포트!"

*　　　*　　　*

"이건 있을 수 없는 일이다."

어딘가에 도착한 데비아니는 카이네스를 찾았다.

카이네스는 멀지 않은 곳에 자리하고 있었다. 그는 무언가를 보며 크게 놀라고 있었다.

"신전?"

카이네스가 보고 있는 것은 신전이었다.

특이하게 공중에 떠 있는 신전이었는데, 신전 중심에서 하늘로 빛이 쏘아지고 있었다. 놀라운 건 그 빛이 조금 전 목격했던 총천연색 빛을 띠고 있다는 것이었다.

"카이네스 님, 도대체 무슨 일이 일어난 건가요? 이 신전이 뭔가 중요한 것인가요?"

데비아니의 물음에 드디어 카이네스가 대답을 했다.

"여긴 주신의 신전이다. 아이네스의 성소라 불리는 곳이기도 하지. 이곳은 절대 드러나선 안 되는 곳이다. 누구도 봐서는 안 되는 장소야. 그런데 이렇게 적나라하게 드러나다니. 더구나 장막을 지탱하는 기둥에 변화가……."

데비아니는 무슨 말인지 알아들을 수가 없었다. 하지만 한 가지는 알 수 있었다. 드래곤 로드인 카이네스가 굉장히 놀랐다는 것을. 그가 이렇게 진정하지 못할 정도로 놀란 모습은 처음 보는 그녀였다.

그런데 그때였다.

스스스슥!

갑자기 일련의 인물들이 나타났다.

그들은 두 드래곤의 앞을 막아섰다.

'아니, 저자가……!'

데비아니의 시선이 그들을 향했고 즉시 눈빛이 변했다.

그녀가 알고 있는 자들이었던 것이다.

"로젠블러."

그 이름이 나왔다.

바로 로젠블러.

그런데 그녀의 입에서 나온 말이 아니었다. 놀랍게도 드래곤 로드 카이네스가 말을 한 것이었다.

'로젠블러를 알고 계셨단 말인가?'

조금 전까지 계속 로젠블러에 대해 말했던 그녀였기에 당황스럽지 않을 수 없었다.

그녀의 의문을 뒤로하고 로젠블러가 예를 취했다.

"로젠블러가 위대한 존재를 뵙습니다. 오랜만입니다, 드래곤 로드시여."

로젠블러도 카이네스를 알고 있었다. 정확하게 드래곤 로드로 지칭까지 했다. 놀라운 건 고블린으로 폴리모프하고 있는 상태인데 알아봤다는 것이다.

데비아니는 놀랐지만 카이네스는 아니었다. 그가 굳은 표정으로 말했다.

"인사치레는 필요 없다. 로젠블러, 무슨 일을 꾸미는 것이냐? 설마 내가 생각하는 그것이더냐?"

로젠블러는 미소를 지으며 답했다.

"무슨 생각을 하시는지 정확히 짐작이 가진 않지만 아마 틀리진 않을 겁니다."

"감히!"

쓰아악!

순간, 카이네스의 얼굴이 험악해지면서 강력한 기운이 로젠블러를 향해 쏘아졌다.

모든 것을 공포에 떨게 만드는 드래곤 피어(Dragon fear)가 발현한 것이다.

털썩!

그에 로젠블러와 같이 나타난 수하들 몸을 부르르 떨었다. 몇 명은 무릎을 꿇기까지 했다. 압도적인 기운에 몸을 가누기도 힘든 것이다.

하지만 로젠블러는 멀쩡했다. 특히 그의 얼굴에 지어진 미소는 변함이 없었다.

카이네스가 말했다.

"한낱 인간 주제에 감히 주신의 안배를 손대려 하다니! 네놈이 그러고도 온전할 것 같더냐!"

"그런 것을 걱정했다면 제가 이런 일을 하지도 않았겠지요. 아시잖습니까? 제가 모시는 분은 주신이 아니라는 걸. 저의 주인인 그분을 위해서라면 못할 것이 없습니다."

"흥!"

카이네스가 코웃음을 쳤다. 그러더니 갑자기 그의 몸이 빛나기 시작하는 것이 아닌가.

화아아아아!

빛 무리와 함께 카이네스의 몸이 서서히 커져갔고 이윽고,

―크와아아!

거대한 드래곤의 형상을 갖추었다.

폴리모프를 풀고 원래 모습으로 돌아간 것이다.

펄럭! 펄럭!

하늘로 올라간 카이네스의 모습은 어마어마했다. 드래곤 로드에 걸맞은 거대한 덩치에 날갯짓만으로도 주변에 광풍이 불었다.

―중간계의 중재자이자 감시자인 나 카이네스가 어둠의 하수인 로젠블러에게 말하노라!

카이네스의 목소리가 주변을 울렸다. 그 목소리에 담겨 있는 위압감은 정말 대단했다.

―넌 중간계 전체에 위협이 되는 행동을 벌였다. 그에 죽음이라는 형벌로 죄를 물을 것이니, 그 결과에 후회해도 소용없

을 것이다!

중간계의 감시자로서 카이네스의 판결이 떨어졌다.

그것은 바로 죽음.

카이네스는 로젠블러를 죽이기로 한 것이다.

—스으으으읍!

결단을 내린 카이네스의 행동에 주저함은 없었다.

주변의 공기가 카이네스에게 몰려들었고 그의 입에서 엄청난 마나가 소용돌이쳤다.

드래곤 최강의 무기, 브레스였다.

드래곤 로드의 브레스인 만큼 그 힘은 9서클 마법에 해당할 정도로 강력할 것이 분명했다.

"훗."

카이네스가 빨아들이는 공기로 인해 로젠블러의 머리와 옷이 펄럭였지만 그의 얼굴엔 변화가 없었다.

놀랍게도 긴장감이란 조금도 찾아보기 힘들었다.

도대체 드래곤 로드를 두고 어떻게 이럴 수 있단 말인가.

그 이유는 카이네스가 브레스를 토해내기 직전 알 수 있었다.

위이잉!

푸확!

—크아아아아!

갑자기 검은빛 줄기가 카이네스를 향해 일직선으로 쏘아

지더니 그의 몸에 박혀들었다.

그러자 카이네스가 비명을 지르더니 그대로 추락하는 것이 아닌가.

쿠쿵!

땅에 곤두박질 친 카이네스는 그대로 널브러졌다. 거대한 몸집으로 인해 땅이 울릴 정도였다.

―크으으……

카이네스는 고개를 들어 자신의 다리에 박힌 것을 봤다.

그것은 조그마한 단창이었다. 특이하게 뱀 형상을 한 것이었는데 조각된 뱀의 눈에서 붉은빛이 흘러나오고 있었다.

"카이네스 님!"

그때 데비아니가 달려왔다.

"카이네스 님, 괜찮으십니까?"

그녀는 카이네스를 살피다 그의 시선을 따라가 뱀 단창을 볼 수 있었다. 그것을 보자 카이네스의 추락 이유가 뱀 단창임을 알 수 있었고 급히 뽑기 위해 움직였다.

―만지지 말거라!

그런데 카이네스가 그것을 제지했다.

데비아니가 눈으로 이유를 물었는데, 카이네스는 대답 대신 로젠블러에게 시선을 향했다.

―로젠블러, 네가 어찌 마계의 물건을 가지고 있는 것이냐. 이것 중간계에 존재해서는 안 되는 물건인데.

지금까지 지켜보던 로젠블러가 말했다.

"아주 오래전부터 지금 이런 상황을 예상하고 가지고 있었지요. 언젠가는 드래곤들을 상대할 순간이 올 테니."

그는 한 발자국 앞으로가며 말을 이었다.

"드래곤 로드시여. 설마 제가 이런 준비도 없이 움직였겠습니까? 당신뿐 아니라 포이즌 우드에 있는 모든 드래곤의 개입을 예상하고 대비해 놨습니다. 그러니 억울해하지는 마시지요."

로젠블러의 말로 보아 그는 이미 드래곤이 이곳에 나타날 것을 예상하고 있었던 모양이었다.

카이네스의 눈빛은 침중해지지 않을 수 없었다.

─지금부터 잘 들거라, 데비아니.

그때 데비아니의 머릿속으로 카이네스의 목소리가 파고들었다. 텔레파시 마법으로 다른 이는 듣지 못하게 한 것이다.

─내 몸에 박힌 단창은 란티모스(Lanthimos)라는 것이다. 마계의 무기로 우리 드래곤을 상대하기 위해 만들어진 것이지. 드래곤 하트에 충격을 주는 것이다.

'란티모스?'

데비아니는 처음 들어본 무기였다. 아니, 그것보다 마계의 드래곤 대전용 무기가 왜 중간계에 있는지 그게 더 이해가 가지 않았다.

─로젠블러가 란티모스를 어떻게 해서 가지고 있는지는

알 수 없지만, 그가 이런 준비까지 한 것으로 보아 일이 심각하다. 어쩌면 그가 도모하려는 일을 막을 수 없을지도 모른다.

─제가 어떻게 해야 할까요? 포이즌 우드 대륙의 모든 드래곤을 불러 모을까요?

─란티모스가 있는 한 드래곤은 힘을 쓸 수가 없다. 다른 방법을 찾아라. 로젠블러를 막을 방법을. 네가 만난 인간이든 다른 이종족이든 그들에게 도움을 청해라. 로젠블러를 막을 수 있다면 누구에게라도 말이지. 로젠블러의 계획이 절대 성공해서는 안 된다.

─로젠블러의 계획이라는 도대체 무엇이기에……

─피해라!

쉬익!

푸확!

─크아아아아!

텔레파시를 하던 와중 또 다른 란티모스가 데비아니에게 날아왔는데, 카이네스가 날개를 뻗어 그것을 막았다.

엄청난 고통에 카이네스는 한 번 더 비명을 질렀다.

"카이네스 님!"

─어서 가라! 가서 내 말대로 로젠블러를 막을 자들을 찾거라!

쉬쉬쉭!

디르드의 인물들이 움직였다.

로젠블러도 함께.

데비아니의 눈빛이 다급하게 변했고 그녀는 급히 마법을 시전했다.

"텔레포트!"

슈아악!

데비아니를 향해 로젠블러가 섬광을 쏘아냈다.

섬광은 순식간에 환한 빛으로 휩싸인 데비아니를 강타했다.

퍼펑!

폭발음이 울리며 빛 무리가 터졌다.

잠시 후, 빛이 사라지고 주변 경관이 들어나자 로젠블러가 말했다.

"도망쳤군."

데비아니의 모습은 없었다. 아슬아슬하게 텔레포트가 먼저 발동된 모양이었다.

로젠블러의 시선이 카이네스를 향했다. 카이네스는 정신을 잃은 듯 움직임이 없었다.

휘익!

로젠블러 옆으로 누군가가 다가왔다. 블랙1, 데이빗이었다. 그가 카이네스에게 시선을 주더니 물었다.

"처리하라 이르시겠습니까?"

"아니다. 지금도 충분히 소란스러운데 드래곤 로드까지 죽인다면 또 다른 문제가 발생할 수도 있다. 지금은 시간이 지나갈 때까지 숨죽여야 하는 법. 굳이 문제를 일으켜 우리의 목적에 위협되게 만들어선 안 된다."

　"알겠습니다. 그럼 가두라 이르겠습니다."

　"그래. 그나저나 드디어 안개가 걷혔군. 안개가 걷혔다는 건 성소의 힘이 줄어들었다는 증거. 얼마 만에 안개가 걷힌 것이냐?"

　"71일만입니다."

　"그렇다면 남은 시간은 29일. 이제 3분의 1도 채 남지 않았구나."

　로젠블러의 시선이 신전을 향했다.

　하늘로 쏘아지는 총천연색 빛줄기를 보며 그가 조용히 뇌까렸다.

　"멀지 않아 100일을 채우는 그날, 우린 그토록 원하던 운명의 존재를 맞이하게 될 것이다."

＊　　　＊　　　＊

　슈욱!

　"으흑!"

　어딘지 알 수 없는 어느 숲 속.

아무것도 없던 그곳에 갑자기 누군가가 나타났다.

그것은 바로 텔레포트로 도망친 데비아니였다.

그녀의 모습은 처참했다.

온몸이 시뻘겋게 그을린 게 금방에라도 녹아내릴 듯했다.

아무래도 로젠블러의 마지막 공격을 완전히 피하지 못한 것 같았다.

"음……."

그녀는 나무에 몸을 기대었다. 그러며 그녀가 막 마법을 시전하던 와중 카이네스가 했던 마지막 말을 떠올렸다.

―미안하다. 네 말을 믿지 않아서.

데비아니는 입술을 깨물며 주먹을 움켜쥐었다.

이윽고 몸을 추스르고는 다시 텔레파시 마법을 준비했다.

그리고 마법을 시전하기 직전,

"아비게일, 그녀를 찾아야 해……."

슈욱.

이윽고 그녀의 모습은 다시 사라졌다.

그렇게 숲 속은 다시 정적에 휩싸였다.

CHAPTER **11**
칼리아 엘프족

죽은자들의 왕

타다다닷!

차차착!

아스퀴 산맥의 깊숙한 곳.

울창한 숲과 갖가지 동식물이 즐비한 어떤 곳을 두 인영이 빠르게 움직이고 있었다.

남자와 여자로 구성된 일행은 거침없이 달렸는데, 점점 더 깊숙한 곳을 향해 가는 듯했다.

두 사람의 정체는 바로 그레이너와 아비게일이었다.

그들은 며칠 전 아즈라 왕국을 떠나 이곳 아디나라는 지명을 가진 곳에 도착한 상태였다.

아다나는 인간 출입 금지 지역으로 유명했는데, 그 이유는 이곳이 이종족들의 땅이기 때문이었다.

이종족들을 노예로 잡아가는 인간을 이종족들은 적으로 간주했고, 아다나를 침범하는 인간은 절대 살려주지 않았다.

때문에 모든 나라가 아다나의 출입을 금했고, 시간이 지나 이곳은 이제 인간의 모습을 찾아볼 수가 없었다. 그런 곳을 두 사람이 달리고 있는 것이었다.

"도대체 어디로 가는 거죠?"

아비게일이 그레이너를 따라가며 물었다. 아다나에 도착하면 목적지를 말해줄 지 알았는데 그레이너는 별다른 말이 없었던 것이다.

"……."

역시나 대답은 없었다. 그는 여전히 어딘가로 향할 뿐, 힌트가 될 만한 건 무엇도 말하지 않고 있었다.

'휴.'

결국 아비게일은 고개를 저으며 뒤따르는 것에만 열중해야 했다.

그렇게 두 사람은 험준한 지형과 이종족들의 눈을 피해 계속 움직였고, 거의 하루가 더 지난 후, 드디어 그레이너의 발걸음이 멈췄다.

"이곳은 어디죠?"

아비게일이 주변을 둘러보며 물었다. 나무가 좀 더 울창한 지역이긴 했지만 지금까지 지나온 곳들과 별반 차이가 없는 장소였다.

"우리의 목적지요."

그레이너가 간단하게 답했다.

그 말에 아비게일은 특별한 게 있나 좀 더 자세히 둘러봤지만 역시나 그런 건 없었다.

스윽.

그런데 그때 그레이너가 품에서 무언가를 꺼냈다. 그것은 새끼손가락만한 피리였는데, 이내 그 피리를 불었다.

삐이이— 삐— 삐—

삐이이— 삐— 삐—

그런데 뭔가 일정한 형식으로 두 번을 부는 것이 아닌가.

그런 후 아비게일에게 말했다.

"숙지할 것이 하나 있소. 얼마 있지 않아 우리를 안내할 자들이 올 것이오. 그들의 마을에 가게 되거든 절대 아이들을 만지거나 가까이 하지 마시오."

"아이들이요? 그게 무슨……."

알 수 없는 말에 아비게일은 좀 더 이야기를 듣고 싶었다. 하지만 그럴 수가 없었다. 그레이너의 말이 끝나기 무섭게 세 명의 인영이 나타났기 때문이다.

휘릭!

타탁!

인영들은 빠르게 몸을 날리더니 이윽고 두 사람 앞에 내려 섰다.

그러자 아비게일의 눈빛이 살짝 변했다.

'엘프?'

그 이유는 나타난 자들이 바로 엘프였기 때문이다. 두 명의 남성 엘프와 한 명의 여성 엘프였는데, 아름다운 종족으로 알려진 것만큼 잘생기고 예쁘기 그지없었다.

'만날 거라 말한 이종족이 엘프였단 말인가?'

왕국을 떠나기 전 아비게일이 물었을 때 그레이너는 이종족을 만날 것이라 했다. 그것이 엘프이자 약간 놀랐다. 여러 이종족 중 가장 보기 힘든 종족이 엘프이기 때문이다.

한편 엘프들은 그레이너와 아비게일을 보자 약간 굳은 표정을 보였다. 딱 봐도 우호적이지 않은 반응이었다.

"인간들이로군."

세 명 중 가운데 선 남성 엘프가 말했다. 위치나 분위기로 보아 그가 세 명 중 가장 높은 위치인 듯 보였다.

"피리를 분 자가 누구지?"

"나요. 여기."

남성 엘프의 물음에 그레이너는 손에 들고 있던 피리를 건네줬다.

엘프는 피리를 확인하고는 다시 돌려줬다. 그리곤 물었다.

"누구의 친구인가?"

"아리아드와 르니의 친구요."

"아리아드와 르니? 그렇다면 혹시?"

"맞소이다."

그레이너의 대답에 남성 엘프의 눈빛이 변했다. 다른 두 엘프도 마찬가지였다.

그들의 표정은 풀어졌고 경계심도 사라졌다.

아비게일은 이유가 궁금했지만 잠시 후에 물어보기로 하고 지금은 참았다.

"그렇군. 자네였군. 기억이 나. 십여 년 전에 스승과 이곳에 온 적이 있었지. 그 이후에 혼자 한 번 더 왔었고."

"그렇소."

"용건이 무엇인가? 르니를 보러 온 것인가?"

"그것도 있지만 수장이신 유니지오 님을 뵙고 싶어서 왔소."

엘프의 수장을 만나러 왔다는 것에 남성 엘프는 의아한 반응을 보였지만 특별한 말은 하지 않았다. 대신 아비게일에게 시선을 줬다.

"이자는?"

"동료요. 믿을 수 있는 자요."

남성 엘프는 아비게일을 잠시 훑어보더니 이내 고개를 끄덕였다.

"따라오라."

그리고선 다른 두 엘프와 함께 바로 몸을 날렸다.

"갑시다."

그레이너는 아비게일에게 말하며 움직였고 그녀도 즉시 뒤를 따랐다.

엘프들은 두 사람을 생각하지 않는다는 듯 빠르게 움직였다. 그레이너와 아비게일이 평범한 인간이 아니라는 걸 짐작하고 있는 모양이었다.

잠시 후 일행은 어떤 곳에서 이동을 멈췄는데, 주변 환경을 본 아비게일의 눈에 순간 이채가 떠올랐다. 눈앞에 숲이 펼쳐져 있었는데 숲을 이루고 있는 나무들이 굉장히 특이했던 것이다.

나무는 엄청나게 두터운 몸통을 자랑하고 있었는데, 그 몸통에서 성인 팔뚝만 한 가시가 빼곡하게 튀어나와 있었다. 빽빽하게 자리를 잡은 나무 사이로 창날에 가까운 가시가 튀어나와 있는 모습이 얼마나 위협적인지 감히 더는 앞으로 나갈 수 없을 정도였다.

당황스러운 건 엘프들의 목적지가 이 숲을 지나가야 한다는 듯, 다른 방향으로 갈 생각이 전혀 없어 보였다.

그때 엘프 일행 중 여성 엘프가 앞으로 나서더니 무언가를 조용히 중얼거렸다. 그러다가 이내 크게 외쳤다.

"나, 정령의 친구이자 동반자인 실비아가 땅에 속삭이니, 모습을 드러내세요, 놈!"

그러자 땅이 울렁거리더니 노란색의 투명한 형체가 하나 나타나는 것이 아닌가.

'정령?'

아비게일은 그것이 정령임을 알 수 있었다. 정령을 본 적은 없지만 엘프 종족이 정령술을 사용할 수 있다는 걸 익히 들었기 때문이다.

놈이라는 정령은 아주 작은 어린아이 형상으로, 소환한 엘프의 주변을 돌며 반가워하는 모습을 보였다. 활발하게 움직이는 것으로 보아 소환된 것이 즐거운 듯했다.

그런 정령에게 여성 엘프가 뭐라고 속삭이자 정령이 고개를 끄덕이더니 앙증맞은 두 팔을 활짝 폈다. 그러자 놀라운 일이 벌어졌다.

그그그그그!

빽빽하던 나무가 갑자기 좌우로 갈라지며 길을 열기 시작했다.

'어떻게 나무가 움직일 수가······!'

그 모습에 아비게일은 놀라움을 감추지 못했다.

그녀도 살면서 많은 것을 목격했다 자부하지만 이런 광경은 난생 처음이었다. 나무가 움직여 길을 열어준다니, 누가 상상이나 하겠는가.

"아비게일."

그때 그레이너가 그녀를 불렀다. 일행은 어느새 움직이기 시작했는데 그녀 혼자 멍하니 서 있었던 것이다.

"아, 알았어요."

아비게일은 급히 정신을 차리고 그레이너의 뒤를 따라갔다.

그러며 그녀는 다시 한 번 놀라야 했다. 그녀가 안으로 들어가자 나무들이 다시 제자리로 돌아갔기 때문이다.

'엘프는 땅의 정령을 소환했다. 그렇다는 건 땅의 정령을 이용해 나무를 이동시킨 거야.'

그녀는 어느 정도 상황을 짐작할 수 있었다. 정령은 처음 보지만 정령의 이름이나 종류는 대충이나마 알고 있기 때문이다.

그녀의 짐작은 맞았다. 땅의 정령이 대지를 움직여 나무를 이동시킨 것이었다. 그로 인해 갈 수 없는 곳에 길이 만들어진 것이다.

'엘프가 자연과 하나 된 종족이라 하더니 진짜구나. 자연을 통해 자신들을 지키고 있어.'

인간이 벽을 쌓고 성을 지어 자신을 지킨다면, 엘프는 자연을 이용해 자신들을 지키고 있었다. 인간은 자연을 파괴해야 가능한 일을 엘프는 파괴하지 않아도 가능하게 만드는 것이다. 그 다름이 아비게일에겐 상당히 인상적으로 다가왔다.

그렇게 아비게일은 색다른 경험과 기분을 느끼며 일행을 따라갔고, 일행은 땅의 정령, 놈의 도움으로 잠시 후 드디어 목적지인 엘프 마을에 도착할 수 있었다.

'와!'

순간 아비게일의 시야가 다시 한 번 트였다. 그녀의 눈이 반짝이며 저절로 입이 벌어졌다.

'너무나도 아름답구나!'

엘프 마을은 신세계였다. 엘프 양식으로 된 집과 건물, 장식물들이 아름답게 펼쳐져 있었는데, 그것이 자연미와 결합된 고결함을 느끼게 만들었다.

그런 느낌을 가지게 만드는 이유는 자연과 하나 된 양식 때문이었다. 엘프의 건물이나 장식물은 모두 인위적으로 만든 것이 아니라 자연이 그런 모양으로 변한 것이었다. 나무가 집처럼 공간을 만들어주고, 꽃과 풀이 예술적인 모양으로 장식물이 되어 마을을 꾸미고 있었던 것이다.

그 모습은 감탄을 자아내기에 충분했고, 기본적인 경계심마저 해제시키기에 모자람이 없었다.

"아까 내가 했던 말을 잊지 마시오."

그때 그레이너가 그녀에게 당부했다. 아이들과 거리를 두라고 했던 말.

"알겠어요."

그에 그녀는 고개를 끄덕이며 감탄했던 표정을 원래대로 되돌렸다.

그렇게 일행을 따라 마을 안으로 진입했는데, 순간 아비게일은 이상한 분위기를 감지하게 되었다. 많은 엘프가 마을에 들어온 그레이너와 그녀를 바라봤는데, 언뜻 눈빛에서 차가운 감정이 엿보인 것이다.

아비게일은 이유는 알 수 없었지만 이방인을 향한 거리감이 아닐까 짐작했다. 인간들만 해도 한 지역이나 마을에 외부인이 나타나면 비슷한 모습을 보이지 않는가. 그런 것으로 이해를 했다.

일행은 엘프 마을 속으로 본격적으로 들어갔는데, 아비게일은 엘프 마을이 생각보다 크다는 걸 깨달을 수 있었다. 마을이라기보다는 도시 하나의 규모로 상당히 많은 엘프가 존재했던 것이다.

상당한 규모에 아비게일은 속으로 적잖이 놀랐는데, 그래서 그런지 뒤에 가선 호기심과 우호적인 분위기를 보이는 엘프들도 목격할 수 있었다.

그에 그녀의 기분도 덩달아 좋아졌다.

예상외의 엘프 하나가 나타나기 전까진 말이다.

"그레이너!"

휘릭!

갑자기 멀리서 그레이너를 외치는 소리가 들리더니 빠르게 다가오는 인영이 하나 나타났다.

그 때문에 일행은 멈춰 섰고, 그 인영은 금세 일행 앞에 도착했다.

그런데 도착하자마자,

와락!

그레이너를 끌어안는 것이 아닌가.

"……!"

옆에서 그걸 본 아비게일의 눈이 커지면서 표정이 살짝 변했다.

"르니!"

한데 놀라운 건 그레이너의 반응이었다. 그 역시나 인영을 안으며 미소를 지은 것이다. 그것도 반가움에 나오는 자연스러운 미소를.

경계심 없는 그레이너의 부드러운 미소를 처음 본 아비게일은 놀라지 않을 수 없었다.

이내 두 사람은 포옹을 풀었는데, 그제야 아비게일은 인영의 얼굴을 볼 수 있었다.

인영은 여성 엘프로 생각보다 앳돼 보이는 얼굴을 가지고 있었다. 인간으로 치면 십 대 중후반 정도라고 할까. 성인 엘프로 보이진 않았다.

르니라 불린 엘프는 그레이너에게 한껏 귀여우면서도 사랑스러운 미소를 짓고 있었는데, 그걸 보는 아비게일의 얼굴은 반대로 점점 무표정하게 변해갔다.

"잘 있었어, 르니? 역시 여기에 와 있었군."

"그거야 당연하지. 여기가 내 집인걸. 그나저나 왜 이제야 온 거야? 내가 얼마나 기다렸는지 알아?"

"일이 좀 있었어. 그 일 때문에 여기에 온 거고."

"일 때문에? 날 만나러 온 게 아니고?"

"물론 그것도 포함된 거지."

"히히, 당연히 그래야지."

두 사람의 대화는 상당히 가까웠다. 모르는 사람이 보면 아주 친한 친구나 연인으로 착각할 수 있을 정도였다.

"누구야?"

인사를 나눈 르니가 이내 옆에 있는 아비게일을 발견하고는 물었다.

"아비게일. 일 때문에 함께 온 동료야."

"동료? 음……."

동료라는 말에 르니는 아비게일을 잠시 바라보더니 이윽고 인사했다.

"반가워요. 난 르니예요."

"아비게일이에요."

두 명은 서로 인사를 했는데 뭔가 묘한 분위기였다. 경계심을 가진 인사랄까? 두 명은 인사를 하며 그걸 느꼈는데, 그레이너는 알아차리지 못하는 듯 미소만 짓고 있었다.

'이 엘프, 좀 다르군.'

그런데 인사를 하던 아비게일이 뭔가 이상한 것을 감지했다. 가까이에서 마주하자 르니라는 엘프가 주변 엘프들과 모습이 조금 달랐던 것이다.

르니는 우선 엘프 특유의 귀가 아니었다. 엘프는 자연 친화 종족이라는 특성상 자연의 소리를 잘 들을 수 있는 뾰족한 귀를 가지고 있었는데 르니의 귀는 뭉툭했다. 약간의 뾰족함을 가지고 있기는 했지만 엘프의 귀로 보기는 힘들었다. 그리고 눈동자에 빛이 없었다. 여기서 말하는 빛이란 은은한 광채를 말하는 것으로, 엘프는 특이하게 눈동자에 광채가 일었는데 그것이 르니에겐 보이지 않은 것이다.

전체적으로 봤을 때, 엘프의 느낌이 강하긴 하지만 다른 것이 섞인 분위기였다.

'설마, 하프?'

그녀가 도달한 결론은 하프였다. 하프란 서로 다른 이종족이 만나 태어난 세대를 뜻했다. 르니가 엘프와 엘프 사이에서 태어난 것이 아니라 엘프와 다른 종족 사이에서 태어났다 판단한 것이다.

"그나저나 지금 어디로 가는 길이야?"

르니가 다시 그레이너에게 시선을 옮기더니 물었다.

대답은 안내를 하던 남성 엘프가 했다.

"유니지오 님께 가는 중이다."

"그럼 저도 같이 갈게요. 괜찮죠, 아달리드 아저씨?"

"마음대로 하려무나."

남성 엘프, 아달리드의 허락으로 르니도 일행에 합류했고 다시 이동을 시작했다.

르니는 가는 내내 재잘재잘 이런저런 이야기를 했는데 인간의 십 대 여자아이랑 똑같았다. 그런 그녀의 이야기를 그레이너는 밝은 얼굴로 받아주었다.

아비게일은 왠지 그것을 언짢은 눈빛으로 바라봤는데, 잠시 후 그녀의 얼굴을 다시 변화시키는 일이 벌어졌다. 또 다른 무언가가 그녀의 눈에 들어온 것이다.

'와아!'

바로 거대한 나무였다.

얼마나 거대한 나무인가 하면 하나의 성만큼 크고 높이 솟은 나무였다. 그런 나무는 처음 보는 것이었기에 아비게일이라도 놀라지 않을 수 없었다.

"아도나스 나무예요. 우리 칼리아 엘프족의 상징이지요. 저곳에 유니지오 님이 계세요."

아비게일의 표정을 봤음이지 르니가 말했다.

"그렇군요."

아비게일은 알겠다는 듯 고개를 끄덕였다. 그녀는 르니의 경외 어린 말투에서 아도나스라는 나무가 여기 엘프족에게 상당한 의미가 있음을 알 수 있었다.

그레이너는 이미 알고 있는지 별다른 반응은 없었다.

아비게일은 아도나스 나무에 다가갈수록 더욱 감탄했다.

가까이 갈수록 그 위압감이 대단했기 때문이다.

결국 일행은 아도나스 나무에 도착했고 안으로 들어갔다.

'정말 성이나 마찬가지구나.'

나무 안은 모양만 다르지 성이나 다름없었다. 여러 개의 통행로는 물론 방이 존재했는데 성과 크게 다르지 않았다. 안에는 수많은 엘프들이 지나다녔는데 대부분이 정령을 소환해 함께하고 있었다. 엘프와 정령이 얼마나 가까운 존재인지 대번에 알 수 있는 모습들이었다.

그렇게 여기저기를 보다 보니 어느새 일행은 나무의 상층부에 도달하게 되었다. 지금까지 안내한 남성 엘프 아달리드가 말했다.

"기다리시오. 유니지오 님께 알리고 오겠소."

"알겠소."

그레이너와 아비게일은 고개를 끄덕였고, 이내 아달리드는 어딘가로 사라졌다.

얼마 기다리지 않아 아달리드는 다시 돌아왔고 그가 말했다.

"유니지오 님께서 허락하셨소. 가보시오."

"고맙소이다."

그레이너와 아비게일은 인사를 하고는 아달리드가 가리킨 방향으로 움직였다.

조금 걷자 나온 곳은 넓은 공동이었다. 안에는 의외로 아무도 없었다. 수장이 있는 곳인데 경계를 서는 자 하나 없었던 것이다.

그럼에도 그레이너는 당황하지 않고 조금 더 들어가 테라스 쪽으로 갔다. 말이 테라스지 그냥 엄청나게 커다란 나무 가지였는데 바로 거기에 한 인영이 있었다.

"어서들 오게."

두 사람의 인기척을 느꼈음인지 하늘을 쳐다보던 그 인영이 뒤돌아 인사를 했다.

인영은 푸근한 미소를 지으며 말했다.

"허허, 그레이너, 오랜만이구나."

*　　*　　*

"공작 각하, 라파트입니다."

"들어와라."

벌컥!

시어스 제국의 수도 아라벨라.

포이즌 우드 대륙 최고의 소드마스터이자 제국의 최강 기사인 미첼리도 공작의 집무실로 참모인 라파트가 들어섰다.

그는 들어오자마자 예를 취하더니 말했다.

"공작 각하, 방금 마지막 척살단인 이튼 왕국의 병력이 도착했습니다."

"그래? 그렇다면 드디어 척살단이 모두 집결했군."

"그렇습니다."

"누가 이끌고 왔느냐?"

"예상대로 뒤마 후작이 이끌고 왔습니다."

"역시 그렇군."

동국 연합의 척살단은 시어스 제국으로 모였다.

척살단의 요원은 모두 최고의 실력자들로 구성된 만큼 대장을 맡은 자들은 전부 소드마스터급이었다. 그런 연합군을 시어스 제국이 이끌어야 하는 만큼 시어스 제국의 척살단 총대장은 아무나 될 수가 없었다. 그래서 결정된 것이 바로 기사의 서열 1위, 미첼리도 공작이었다.

결국 동국 척살단의 총대장은 미첼리도 공작이 되었고 그는 척살단의 구성에 온 신경을 기울이는 중이었다.

"이제 동국 척살단이 완전히 모였으니 이제 남은 건 로젠블러의 블랙 클라우드 위치를 알아내는 것뿐이군. 정보국에서 소식은 없었느냐?"

"정확하진 않지만 소득이 있었다고 합니다. 아마 조만간 알아낼 것 같습니다."

"최대한 빨리 알아내야 한다. 서국 연합보다 먼저 말이야. 자존심이 걸린 문제니까."

"정보국도 그리 생각하고 있을 겁니다."

"음. 그나저나 이튼 왕국까지 도착했으니 각 척살단의 수장들에게 전갈을 보내라. 만나자고 말이야. 본격적으로 움직이기 전에 전부 모여 운영이나 구성에 대해 이야기를 나눠봐야 할 테니 말이야."

"알겠습니다. 그럼 전갈을 보내서 내일쯤 자리를 만들어 보겠습니다."

"그래."

그때였다.

"공작 각하, 댈튼입니다."

"들어오너라."

"예."

이윽고 기사 한 명이 집무실로 들어왔다. 부관 중 한 명인 댈튼이란 자였다. 댈튼은 안으로 들어오자마자 무언가를 급히 공작에게 내밀었다.

"서국 연합 쪽에서 급보를 보내왔습니다."

"서국 연합에서?"

급보란 말에 공작의 눈썹이 살짝 찌푸려졌다. 그의 시선이 라파트를 향했고 라파트도 공작을 바라봤다.

공작은 이내 서신을 받아 읽기 시작했다.

잠시 후, 공작이 찌푸린 표정 그대로 서신을 내려놨다.

"무슨 내용입니까?"

라파트가 물었다.

"로젠블러의 위치를 찾았다는 서신이다. 아스퀴 산맥 북쪽, 황천의 자락이라는 곳에 있다는 군."

'…이런.'

방금 이야기를 나눴는데 서국 연합에서 먼저 찾아내다니. 낭패가 아닐 수 없었다.

"라파트, 댈튼."

공작의 부름에 두 사람이 동시에 대답했다.

"예, 공작 각하."

"즉시 각 척살단에 소식을 전하고 떠날 준비를 하라 일러라. 소재 파악이 서국 연합보다 늦은 이상, 로젠블러를 죽이는 건 우리가 해야 한다."

"알겠습니다!"

두 사람은 힘껏 고개를 숙여 대답을 한 후 바로 집무실을 나갔다.

와작!

미첼리도 공작은 서신을 구겨버린 후, 이내 그도 집무실을 나섰다.

CHAPTER **12**
태초의 나무

"오랜만에 뵙습니다. 유니지오 님."

그레이너는 공손하게 인사를 했다.

유니지오는 고개를 주억거리며 인사를 받았다. 엘프의 특징만 없었으면 여느 시골 마을의 인심 좋은 노인과 다를 바 없는 모습이었다.

"십여 년 만인가? 그새 많이 변했군."

"인간이다 보니 세상의 풍파를 피할 수는 없더군요."

"음······."

유니지오의 시선은 이내 아비게일을 향했다.

그에 그레이너가 소개했다.

"아비게일입니다. 아즈라 왕국의 소드마스터이지요."

"반갑습니다, 유니지오 님. 아비게일이라 합니다."

"반갑구려, 유니지오라 하오."

아비게일은 유니지오를 자세히 바라봤다.

한 엘프족의 수장인 만큼 아비게일은 상당한 기대를 했다. 하지만 지금 봤을 때 유니지오에게서 특별한 것은 느껴지지 않았다. 엘프 특유의 귀와 눈이 아니라면 인간과 다를 바 없는 모습이 오히려 인상적이라면 인상적이었다.

그런데 아비게일이 순간 멈칫했다. 유니지오가 빤히 자신을 바라봤기 때문이다.

"저기… 왜 그렇게 절 보시는 거지요?"

유니지오가 묘한 미소를 지었다.

"그레이너와 어떤 사이이신가? 혹시……."

아비게일은 처음엔 질문을 이해하지 못했다. 그러다 그것이 남녀 관계를 뜻하는 것임을 알고는 크게 당황했다.

"무, 무슨 말씀을……."

아비게일의 당황한 모습에 유니지오가 크게 웃음을 터뜨렸다.

"허허허허! 소드마스터라도 여자는 여자구려. 이런 농담에 당황하다니. 오랜만에 인간을 만났기에 장난을 좀 친 것이라오. 기분 나쁘더라도 이해해 주시기 바라오."

"……."

그 말에 아비게일은 쓴웃음을 지었다. 엘프족 수장이 농담이라니. 이제 보니 특별함은 없어도 특이함은 있는 유니지오의 첫인상이었다.

　이윽고 유니지오는 장난스러운 모습을 정리하고 그레이너에게 말했다.

　"그래, 듣자 하니 일 때문에 여기에 왔다고? 르니랑 관련 있는 것이더냐?"

　"그렇기도 하고 안 그렇기도 합니다."

　"애매한 대답이군. 하지만 한 가지는 알겠구나. 블랙 클라우드와 관련된 일이긴 한 거구나."

　"예."

　놀랍게도 유니지오는 블랙 클라우드에 대해 알고 있었다. 블랙 클라우드가 유명하기는 하지만 그건 인간 세상에 한정된 것, 더구나 르니를 통해 어떻게 블랙 클라우드를 떠올린 건지 의아한 일이었다.

　"뭘 부탁하려는 것이냐?"

　"한 번 더 태초의 나무로 가는 길을 열어주십시오."

　"……!"

　그레이너의 대답에 유니지오의 눈빛이 변했다.

　'태초의 나무?'

　아비게일은 그레이너의 말을 되새기며 고개를 갸웃거렸다. 도대체 어떤 나무기에 장난스러운 모습을 보이던 유니지오의 표정을 변화시킨단 말인가.

"…모습을 보아하니 저번보다 작심을 한 듯하구나. 더 가까이 갈 생각이더냐?"

"그렇습니다."

"그것이 뭘 뜻하는지 너도 알겠지?"

"각오하고 왔습니다."

"……."

아비게일의 얼굴은 더욱 알 수 없다는 표정이 되었다. 하지만 대화를 통해 한 가지는 알 수 있었다. 태초의 나무란 곳이 굉장히 위험하다는 것을.

"로젠블러 때문이냐?"

"그렇습니다."

"블랙 클라우드가 사라졌다기에 너와 그자와의 인연은 끝났다 여겼는데 그게 아니었던 모양이구나."

유니지오는 이유를 듣지 않아도 이미 뭔가를 아는 듯 나지막하게 말했다.

유니지오는 잠시 생각하는 듯하더니 이내 입을 열었다.

"아달리드!"

그가 내뱉은 말은 대답이 아닌 부름이었다. 유니지오의 외침에 두 사람을 안내한 남성 엘프, 아달리드가 즉시 달려왔다.

"부르셨습니까, 유니지오 님."

"이들에게 태초의 나무로 가는 길을 열어주거라."

"알겠습니다."

아달리드에게 의문은 없었다. 그는 대답과 함께 바로 움직였다.

"아달리드가 안내를 해줄 것이다. 그를 따라가거라."

"감사합니다, 유니지오 님."

"아, 르니는 만났더냐? 아직 만나지 않았다면 인사를 나누거라. 오랫동안 널 기다린 아이이니."

"이미 만났습니다."

"그렇군. 알겠다. 무사히 돌아오기를 바라마. 가 보거라."

"예, 그럼."

그레이너는 이윽고 인사를 하고는 물러났고 아비게일도 그 뒤를 따랐다.

유니지오는 그런 그레이너를 바라보다가 다시 원래 모습 그대로 하늘을 올려다봤다.

하늘은 맑았는데 여전히 오로라처럼 총천연색으로 변하고 있었다. 달라진 게 있다면 며칠 전보다 좀 더 짙어졌다는 것.

"불길하구나. 불길해."

유니지오는 나지막이 되뇌며 하늘에서 눈을 떼지 않았다.

"태초의 나무에 간다고?"

바깥으로 나가자 르니가 다가와 물었다. 그녀의 얼굴은 약간 굳어져 있었다.

"그래."

"나도 가겠어."

"유니지오 님께서 허락한 자는 나와 아비게일 뿐이야."

"허락이야 받으면 되지."

"르니."

그레이너가 나지막하게 불렀다. 그러더니 그녀의 양어깨를 살며시 감쌌다.

"걱정할 거 없어. 내가 누군지 잘 알잖아."

"……."

"그리고 아비게일이 도와줄 거야. 그게 그녀와 함께 온 이유 중 하나니까."

르니의 시선이 아비게일을 향했다.

그에 아비게일은 살짝 고개를 끄덕였다.

결국 르니가 말했다.

"알겠어. 그럼 여기서 기다릴게. 대신 바로 돌아와야 돼?"

"응. 그럴게."

그레이너의 대답에 그제야 르니는 작은 미소를 지었다.

그레이너는 그녀의 볼을 쓰다듬어주고는 이내 아달리드에게 말했다.

"가시지요."

아달리드는 고개를 끄덕이곤 앞장을 섰다.

그레이너는 아비게일과 다시 그 뒤를 따랐다.

"이젠 말해 줄 때가 되지 않았나요?"

아도나스 나무를 나오자 아비게일이 물었다. 아즈라 왕국을 나선 이후부터 아무런 설명이 없던 그레이너였다. 이해 못할 상황의 연속이었던 만큼 이젠 의문을 풀어주기를 바랐다.

"무엇부터 알고 싶소."

이쯤이면 됐다 여긴 것일까? 그레이너의 입이 열렸다.

"르니하고는 무슨 관계죠?"

첫 번째 질문에 그레이너의 시선이 아비게일을 향했다. 처음 질문이 일에 관한 것이 아닌 르니라 의외인 것이다.

"흠흠."

아비게일은 그 시선을 피하며 헛기침을 했다.

그에 그레이너도 시선을 원래대로 하곤 이야기를 시작했다.

"오래전 스승님께선 이상한 의뢰를 하나 받았소. 오십여 년 전에 납치된 여자아이를 찾아주고 납치한 자들을 죽여 달라는 의뢰였지. 특이한 의뢰였지만 스승님은 수락했고, 행방을 수소문하기 시작했소. 행방을 찾는 건 어려웠소. 너무 오래전에 납치가 된 거라 흔적을 찾기가 힘들었지. 하지만 스승님은 결국 납치범들을 찾을 수 있었고 여자아이의 행방도 알

아닐 수가 있었소."

"······."

"납치범들을 처리한 후 여자아이를 만났는데 문제가 생겼소. 아니, 당연한 것이라 해야 하나? 너무 오랜 기간이 흐른 후라 여자아이가 어느새 성인이 되었던 거요. 중요한 건 아이까지 낳은 상태란 것이었지. 스승님은 그 두 사람을 의뢰자에게 데리고 갔소. 바로 유니지오 님에게."

아비게일의 눈이 살짝 커졌다.

"납치되었던 여자아이의 이름은 아리아드였소. 그렇소, 의뢰대상자는 바로 엘프였던 거요. 레오노어 족은 엘프라는 특성 때문에 인간 세상에서 움직이는데 제약이 심했고, 그로 인해 납치된 아리아드를 그동안 찾지 못하다 스승님께 의뢰를 넣었던 것이오. 스승님 덕분에 오십여 년이 지나서야 아리아드는 고향으로 돌아오게 된 것이었지."

"그렇군요."

"그렇게 고향에 돌아온 아리아드는 유니지오 님께 간청을 했소. 자신의 딸을 레오노어 족으로 받아달라는 거였지. 왜냐하면 그녀의 딸은 엘프와 인간의 피가 섞인 하프 엘프였기 때문이오. 유니지오 님은 기꺼이 허락하셨지."

'아.'

거기까지 만으로도 아비게일은 어느 정도 유추가 되었다. 그 딸이 바로 르니인 것이다.

'아이들에게 관심을 보이지 말라는 이유가 바로…….'

그제야 그레이너가 당부했던 말이 이해가 갔다. 아리아드를 납치한 것이 노예상인들일 테고, 그 일로 인해 레오노어족 엘프들은 인간이 어린 엘프에 관심을 가지는 것에 대해 민감해하는 것이다.

"시간이 지나 유니지오 님은 스승님께 부탁을 하나 했소. 바로 르니를 블랙 클라우드의 어쎄신으로 키워달라는 것이었지. 하프 엘프인 만큼 르니는 보통의 엘프들과 조금 다르기도 했고, 자신의 어머니인 아리아드를 위해 강해지기를 원했소. 스승님은 부탁을 받아들였고, 이후 블랙 클라우드에 입단한 르니는 원했던 대로 강력한 어쎄신이 되었소. 바로 블랙10으로."

블랙10.

그랬다. 놀랍게도 르니는 블랙 클라우드의 최강 실력자 10명을 지칭하는 모르템 중 한 명인 블랙10이었던 것이다.

블랙 클라우드가 멸망하자 르니는 이곳 레오노어 엘프 마을로 돌아온 것이다.

"그럼 둘이 그렇게 친한 이유가……."

"어렸을 때부터 함께했기 때문이오. 스승님을 제외하고 나나 르니는 서로가 유일하게 믿을 수 있는 존재였소. 내겐 데미안의 자리를 채워준 동생 같은 아이지. 뭐 실제 나이는 나보다 많지만."

생김새는 어려 보이지만 르니의 나이는 그레이너보다 많았다. 하프 엘프라 일반 엘프보다 성장이 빨랐지만 그래도 인간보다는 느린 편이었다.

"그랬군요."

아비게일은 고개를 끄덕였다. 이야기를 듣고 나니 두 사람의 관계가 이해가 간 것이다. 그래서 그런 것일까. 굳어졌던 표정이 풀어지는 아비게일이었다.

"다음으로 궁금한 건?"

"태초의 나무가 뭐죠? 아까 유니지오 님과의 대화를 보니 굉장히 위험한 곳 같던데……."

더불어 로젠블러를 상대하기 위한 수단과 연관이 있는 것 아니냐고 물어보고 싶었지만 안내하고 있는 아달리드가 있어 뒷말은 참았다.

그 물음에 그레이너의 시선이 앞서 걷고 있는 아달리드에게 닿았다.

그 시선을 느꼈는지 아달리드가 말했다.

"신경 쓰지 마시오. 태초의 나무 출입을 유니지오 님이 허락한 이상 사실을 말해줘도 상관없으니."

그레이너는 고개를 끄덕이곤 입을 열었다.

"어디서부터 말해야 할지… 우선 이름 그대로 태초의 나무는 포이즌 우드 대륙 최초의 나무요. 이 땅을 처음 밟은 종족, 엘프가 심은 첫 번째 나무지. 아는지 모르겠지만 엘프에게 나무는 근본이자 근원이오. 종족과 함께하는 동반자이자 힘의 원천이지. 엘프들은 이 땅에 태초의 나무를 심어 자신들의 동반자로 삼았고 함께 커가며 터전을 만들어갔소."

"신기한 이야기네요. 그래서요?"

"세월이 지나 엘프들이 완전히 자리를 잡았을 때 쯤, 변화가 일어났소. 엘프들의 개체 수가 늘어나면서 무리가 나뉜 것이오. 다섯 부족으로. 레오노어 족이 그중 하나요. 부족으로 무리가 나뉘었지만 다섯 부족은 지금까지 그래왔던 것처럼 서로를 도우며 살았는데, 시간이 지나자 공통적으로 원하는 것이 한 가지 생겼소. 바로 자신들만의 나무를 가지고 싶었던 것이오."

"자신들만의 나무요?"

"그렇소. 자리를 잡고 성장하는 동안 태초의 나무를 다섯 부족이 공유해 왔는데 그러기보다는 부족만을 대표하는 고유의 나무를 가지고 싶었던 것이오. 다섯 부족은 고민 끝에 고유 나무를 가지기로 했고 비밀리에 나무를 심었소."

"비밀? 그게 숨길 일인가요?"

"처음 말하지 않았소. 엘프에게 나무는 근본이자 동반자라고. 근본이나 동반자는 하나이지, 둘은 될 수 없지 않소. 다섯 부족이 그 규칙을 깨고 또 다른 근본이자 동반자를 만든 것이오. 그로 인해 태초의 나무가 다섯 부족에게 외면을 받게 되고 만 것이지."

"아."

"다섯 부족은 그것을 생각지 못했소. 부족 고유의 나무에 신경 쓰느라 태초의 나무가 버림받았다는 걸 파악조차 못한 것이지. 결국 그것은 엄청난 재앙을 불러오고 말았소. 태초의 나무가 분노한 것이오."

"분노? 나무가 화를 내요?"

"엘프의 나무는 평범한 나무가 아니오. 영험함은 물론, 엄청난 힘을 가지고 있소. 괜히 힘의 원천이라 하는 게 아니오. 그중 태초의 나무는 이 땅에 심어진 첫 번째 나무, 그 힘은 어마어마할 정도였소. 그런 존재가 분노했으니 어떤 일이 벌어졌겠소."

"어떤 일이 벌어졌죠?"

"태초의 나무가 독을 내뿜기 시작했소."

"독이요?"

"그렇소. 사상 최악의 극독. 그것을 태초의 나무가 내뿜기 시작한 것이오. 그것을 알자 다섯 부족의 엘프들은 급히 진화에 나섰소. 태초의 나무의 분노를 풀게 하기 위해 갖은 수를 썼지. 하지만 소용이 없었소. 그들이 다른 방법은 다 썼음에도 새로 심은 부족 나무는 없애지 않았으니까. 결국 독성은 더욱 심해졌고 다섯 부족 엘프들은 대항하기 시작했소. 독이 퍼지는 걸 막은 것이지."

"이런, 태초의 나무와 적이 되었군요."

"적이라, 뭐 어찌 보면 그런 셈이오. 독이 퍼지는 걸 막으면서 다섯 부족의 위기는 넘겼는데 그게 또 다른 문제를 불러왔소. 지상으로의 공격이 다섯 부족에게 막히자 태초의 나무는 지하, 즉 땅속으로 독을 퍼뜨린 것이오. 엘프들은 그것까지는 막지 못했고 그로 인해 대륙 전체에 독이 퍼지고 말았소. 그 때문에 대륙에 존재하는 모든 나무가 독에 중독되고 말았지."

"앗!"

아비게일의 눈이 커졌다.

그녀는 놀란 모습을 감추지 못했고, 그것을 보고 그레이너가 고개를 끄덕였다.

"맞소. 지금 대륙 전체가 독나무인 이유가 바로 그 사건 때문이오. 대륙의 이름이 포이즌 우드가 된 이유도 그 때문이지."

아비게일은 놀라지 않을 수 없었다. '포이즌 우드 대륙'란 명칭에 이런 사연이 숨어 있을 거라곤 상상도 하지 못했다.

"이곳에서 태어나고 이곳에서 살기에 당연하게 여겼던 건데, 좀 충격이네요."

"그럴 것이오. 나 역시 다르지 않았으니까."

"그리고 이제야 알겠네요. 왜 위험하다고 그랬지."

한 대륙을 중독시킬 정도의 힘을 가지고 있는 존재였다. 그런 존재에게 간다는 건 목숨을 내놓아야 할 정도로 위태로울 것이 분명하지 않겠는가.

'그 정도 독이라면……'

로젠블러가 아니라 누구라도 살아남지 못할 것이다. 한 인간이 어찌 그 정도의 독에 살아남겠는가.

'문제는 두 가지. 우선 독이 인간도 중독시키냐는 것.'

태초의 나무 독이 대륙 전체에 퍼졌지만 중독시킨 건 오직 나무만이었다. 특이하게 다른 동식물에게는 영향을 주지 않았다. 때문에 나무가 아닌 다른 것에도 영향을 주는지 의문이었다.

'두 번째는 만약 독이 영향을 줄 수 있다면 그레이너가 살아남을 수 있느냐는 것이지.'

로젠블러에게 독을 사용하려면 당연히 그전에 먼저 독을 채취해야 한다. 그 일을 그레이너가 해야 할 텐데 특별한 방법이 없다면 살아남을 수 있을 리가 없었다. 때문에 어떤 방안이 있는지 궁금하지 않을 수 없었다.

'아까 대화할 때 보니까 태초의 나무에 가는 게 처음은 아닌 듯했어. 그렇다면 무슨 복안이 있겠지.'

분명 그레이너가 생각하는 것이 있을 것이었다. 그렇지 않으면 이곳에 올 리가 없으니까.

그렇게 이런저런 대화를 나누다 보니 일행은 어느새 목적지에 도착할 수 있었다.

"여기요."

아달리드가 걸음을 멈추며 앞을 가리켰다.

'차단막? 아니, 결계?'

아달리드가 가리키는 방향에 커다란 막이 쳐져 있었다. 투명한 막이었는데, 위는 물론 좌우로 그 길이가 끝도 없었다. 전체적인 모습이 반구형인 것 같았다.

막 근처에는 엘프들이 있었는데 푸른색 정령들을 소환한 상태였다. 아마도 막을 유지하는데 정령의 도움을 받고 있는 듯했다.

"타메르."

아달리드는 이윽고 한 엘프에게 다가갔다.

"아달리드?"

타메르라 불린 엘프는 아달리드가 등장한 게 의외인 듯한 반응으로 맞이했다.

두 엘프는 잠시 대화를 나누더니 이내 아달리드가 두 사람을 불렀다.

"오시오. 여기는 책임자인 타메르요."

"그레이너요."

"아비게일이에요."

두 사람은 인사를 했고 타메르는 인사를 받으며 말했다.

"반갑소. 아달리드에게 이야기는 들었소. 유니지오 님이 허락하셨다니 안으로 들여보내 주겠소. 나오는 것 또한 언제든지 나오시오. 저기가 어떤 곳인지 모르진 않을 테니 특별한 말은 더 이상 하지 않으리다. 갑시다."

그렇게 말하곤 막 근처로 움직였다.

"들어가시오."

'이대로?'

타메르의 말에 아비게일은 의아하지 않을 수 없었다. 무작정 들어가라니. 막을 열어주던가 어떤 방법으로 들어가게 해줘야 하지 않는가.

"그레이너!"

그런데 그레이너가 그대로 막으로 걸어갔다. 그것에 놀라 그를 불렀는데,

스륵!

그대로 막을 통과해 안으로 들어가는 것이 아닌가.

이제 보니 들어가기 위한 특별한 준비가 필요 없었던 것이다.

그에 아비게일도 발걸음을 떼어 뒤따라 막을 통과했다.

'물이었구나.'

막의 정체는 물이었다. 그렇기 때문에 막을 출입하는데 별다른 방법의 필요 없었던 것이다.

'그래. 물이라면 독이 밖으로 나가는 걸 완전히 막을 수 있지.'

그제야 푸른색 정령의 정체도 알 수 있었다. 푸른색 정령은 물의 정령이었고, 물의 정령의 도움으로 막을 생성하고 있었

던 것이다. 정령술의 무궁무진함에 신기함까지 느껴지는 아
비게일이었다.

'와아!'

막 안에 들어서서 눈앞에 펼쳐진 모습을 보자 아비게일은
감탄을 터뜨렸다.

안쪽의 모습은 마치 말로만 듣던 천국 같았다. 푸르른 초원
이 드넓게 펼쳐져 있었는데, 생기 넘치는 들판과 꽃이 화려하
고 아름답게 수놓아져 있었다. 어떻게 이런 숲 속에 초원이
있는지 알 수는 없지만 찬연하기 그지없었다.

'예상과 완전히 다르구나.'

대륙 전체를 중독시킨 극독의 중심지였다. 그렇기에 말로
만 들었을 때 그녀의 예상은 시커멓게 물든 암흑 세상이 나올
줄 알았다. 그런데 완전 반대되는 모습이 펼쳐져 있으니 놀라
지 않을 수 없었다.

그런데 초원을 둘러보던 중 특이한 것을 한 가지 발견했다.
바로 나무가 보이지 않는다는 것이었다.

지금까지 숲이 우거지다 못해 울창한 모습뿐이었는데 여
기엔 완전 다른 세상처럼 나무가 전혀 없었다.

그건 정말 특이하지 않을 수 없었다. 왜냐하면 한 그루는
있어야 하지 않는가.

"그레이너, 태초의 나무는 어디에 있죠?"

바로 가장 중요한 태초의 나무.

그녀의 물음에 그레이너가 어떤 곳을 손가락으로 가리켰다.

　아비게일의 시선이 그것을 따라갔다.

　'저건 무슨⋯⋯?'

　그레이너가 가리킨 방향의 끝에는 작은 동산이 하나 있었다. 초원 한 가운데 위치한 유일한 언덕으로, 그 중심에 나무 한 그루가 있었다. 그것을 보자 아비게일은 의아해하지 않을 수 없었다.

　그 나무는 작았다. 거리가 어느 정도 있었지만 분명 가까이 가도 크게 보일 만한 나무가 아니었다. 그게 이곳의 유일한 나무였다. 결국 그 말은 그레이너가 지목한 작은 나무가 태초의 나무란 뜻이었다.

　'설마⋯⋯.'

　아비게일은 쉬이 믿기지가 않았다. 이 대륙의 첫 번째 나무 아닌가. 그렇기에 감히 올려다보기 힘들 정도로 크고 높은 나무를 예상했는데 저렇게 작은 나무가 포이즌 우드 대륙 모든 나무의 시초라니. 믿을 수가 없었다.

　"정말이에요? 정말 저 나무가⋯ 어?"

　아비게일은 믿기지 않아 다시 묻다가 순간 몸을 휘청거렸다. 갑자기 어지러움을 느낀 것이다.

　'왜 이러지?'

　급히 중심을 잡았지만 그녀는 당황했다. 자신이 어지러움을 느낄 이유가 없기 때문이다. 몸에 아무런 이상도 없는데 어지러움이라니.

"호흡을 조절하시오. 공기 자체가 독이니."

"……!"

그때 그레이너가 말했다.

그 말에 아비게일의 눈이 커졌다. 막을 들어서면서 들이마신 공기는 깨끗하고 청아했다. 맑은 산뜻함이 느껴질 정도여서 독의 느낌은 전혀 없었다. 그런데 그런 공기에 독이 함유돼 있다니.

그녀는 급히 몸을 확인했다.

그레이너의 말이 맞았다. 그녀는 어느새 독에 중독돼 있었다.

'중독이 된 걸 느끼지도 못했다니!'

자신의 실력을 내세우진 않지만 그렇다고 약하다고 생각하지 않는 아비게일이었다. 그런 자신이 알아차리지도 못하고 중독이 되다니.

그녀는 급히 마나를 이용해 독을 몰아냈다. 그러며 재생 능력으로 만일을 대비했다. 중독으로 파괴된 신체를 치료하는 데도 재생 능력은 탁월하기 때문이다.

"강하군요."

독의 존재를 알자 얼마나 강력한 독인지 알 수 있었다. 독은 숨을 참아도 피부를 통해 몸속으로 침투했다. 마나로 몸을 보호했는데도 그것마저도 스멀스멀 뚫고 들어오려 했다. 마치 무력함을 느끼게 만드는 자연의 힘을 보는 느낌이었다.

'한 가지는 알았구나. 인간에게도 피해를 준다는 거.'

조금 전에 느꼈던 의문 중 하나를 직접 체험하자 확인할 수 있었다. 태초의 나무 독은 인간에게도 직접적으로 피해를 줬다. 바로 독을 몰아내고 재생능력으로 치유를 하는데도 내부가 아렸고 어지러움이 가시질 않았다.

'그는 어떻게 참고 있는 거지?'

이내 아비게일의 시선이 그레이너를 향했다. 그레이너는 멀쩡한 모습으로 태초의 나무를 바라보고 있었다. 자신은 재생 능력으로 버티는 게 가능했는데, 그레이너는 어떻게 멀쩡히 있는지 궁금했다.

그녀의 시선을 느꼈음인지 그레이너가 입을 열었다.

"우리가 있는 곳은 태초의 나무에서 가장 먼 곳이라 독의 기운이 가장 약한 곳이오. 태초의 나무에 다가가면 갈수록 독의 기운은 더 강해지지. 저기."

순간 그레이너가 어딘가를 가리켰다. 약간 앞쪽이었는데 거기에 나뭇가지 하나가 땅에 박혀 있었다.

"예전에 한 번 여기에 온 적이 있었고 그때 저기까지 갈 수 있었소. 그때 걸린 시간이 정확히 30일이오."

"30일이요?"

아비게일의 눈이 커졌다. 불과 50미터나 될까 싶은 거리였다. 그런 거리를 가는데 30일이나 걸렸다니, 믿기 어려운 이야기였다.

"조만간 척살단이 로젠블러를 상대할 것으로 예상되는 만큼 우린 더 빠른 시간 안에 저곳을 지나야 하오. 30일을 저곳이 아닌 태초의 나무에 갔다 돌아오는 것을 목표로 잡고 가야할 것이오. 가능하겠소?"

아비게일의 시선이 태초의 나무를 향했다. 그레이너가 박아놓은 나뭇가지와 비교하면 까마득히 먼 거리였다. 자신감을 사라지게 만들기 충분한 상황이었다.

"해보죠."

아비게일의 얼굴에 동요는 없었다. 그녀는 자신의 능력을 믿는 것이다.

"좋소. 갑시다."

그에 그레이너는 고개를 끄덕이고 앞으로 나아갔다.

천천히.

한 발자국씩.

이윽고 아비게일도 그 뒤를 따랐고, 강해지는 독 기운에 재생 능력을 더욱 강화시켜야 했다.

CHAPTER **13**
종결

죽은 자들의 왕

세상이 멸망하는 징조인가!

언제부터인가 이런 말이 대륙 전체에 퍼지기 시작했다.

약 한 달 전, 하늘의 변화가 일어난 이후부터.

처음 하늘이 여러 가지 색으로 뒤덮이기 시작했을 때, 그걸 목격한 사람은 소수에 불과했다. 그다지 색이 진하지 않았기에 잘 알지 못했던 것이다. 그러던 것이 시간이 지나면서 색이 점점 진해졌고, 지금에 와선 누가 봐도 알아볼 정도로 뚜렷한 총천연색을 나타나고 있었다.

그런 현상을 사람들은 처음엔 긍정적으로 봤다. 무지개나

오로라처럼 아름다운 자연현상이라 생각하며 사람들은 즐거워했다.

그런데 시일이 흐르면서 긍정적이던 생각이 점점 부정적으로 변해갔다. 그 이유는 색이 점점 진해지며 검은색으로 변해갔기 때문이다. 점점 검게 변하는 하늘에 사람들은 불안해했고 여기저기서 불길한 소문이 생산됐다. 그중 가장 대표적인 것이 바로 세상이 멸망하는 징조가 아니냐는 거였다.

하지만 그런 의문에 대답해 줄 이는 아무도 없었고, 사람들은 하늘이 원래대로 돌아가기를 바랐다. 예전처럼 푸르고 맑은 하늘을 보여주기를.

그러나 바람과 달리 그런 기미는 조금도 보이지 않는 상태였다.

*　　　*　　　*

"모두 물러나라!"

태초의 나무 차단막의 책임자 타메르의 외침에 엘프들이 자신들이 있는 자리에서 멀찍이 물러섰다.

타메르도 물러나 한곳을 바라봤다. 그의 시선이 닿은 곳에 두 개의 인영이 있었다.

"후우우……."

"하악, 하악."

두 인영은 차단막을 뒤로하고 엎드린 채 숨을 몰아쉬며 굉장히 힘든 표정을 하고 있었다.

그들은 바로 그레이너와 아비게일이었다.

태초의 나무로 가기 위해 차단막을 들어갔던 두 사람이 바깥으로 나온 것이다.

두 사람이 나오자 타메르는 엘프들을 물러나게 했다. 안에 들어갔다 나온 만큼 몸에 독 기운을 품고 있을 확률이 높았기 때문이다. 잠시 후, 두 사람이 어느 정도 호흡을 정리하고 몸을 일으키자 타메르가 말했다.

"가만히 있으시오."

그 말과 함께 타메르는 자신이 소환한 물의 정령에게 무언가를 말했다. 그러자 물의 정령이 두 사람에게 다가가더니 알 수 없는 말을 중얼거리는 것이 아닌가. 그러더니 곧이어,

수아아아!

두 사람의 몸을 중심으로 물 회오리가 발생했다.

물 회오리는 두 사람의 몸을 씻겨 내려갔고 이윽고 차단막 안으로 들어가더니 사라졌다.

"이제 됐소."

물의 정령이 한 것은 바로 두 사람의 몸에 남아 있는 독 기운을 씻어버린 것이었다. 태초의 나무 독이 극독인 만큼 안에 들어갔다 나온 자는 꼭 이렇게 세척을 하는 것이다.

그레이너와 아비게일은 그걸 알고 움직이지 않았다.

두 사람은 만족했다. 몸이 씻겨 나간 느낌도 좋았고 물에 닿았으면서도 조금도 젖지 않았기 때문이다. 아비게일은 고마움의 인사를 하려했는데, 타메르가 손을 들어 막으며 말했다.

"나오는 즉시 보내라는 유니지오 님의 명이 있었소. 빨리 가보시오."

'즉시?'

그레이너의 표정이 살짝 변했다. 뭔가 느낌이 심상치 않았던 것이다.

그런데 그때였다.

콰드드드등!

머리 위에서 이상한 소리가 울려 퍼졌다.

그에 그레이너는 하늘을 올려다봤다.

"……!"

그런데 하늘을 본 그레이너의 표정이 갑자기 변했다.

"하, 하늘이 왜 저러죠?"

옆에 있던 아비게일이 말했다. 그녀도 하늘을 보고 놀라서 물은 것이다.

하늘이 시커멨다. 해가 떠 있었는데 검게 물들어 있었다. 거기서 총천연색의 빛이 빠르게 변하면서 지글거리듯 뇌전이 흐르고 있었는데, 누가 봐도 심상치 않은 모습이었다.

"유니지오 님께 가보시오."

타메르의 대답은 그것이었다.

그레이너와 아비게일은 서로를 바라보더니 이내 유니지오가 있는 아도나스 나무로 향했다.

거기서 두 사람은 예상외의 인물을 만나게 되었다.

"데비아니, 님?"

유니지오는 몇 명의 인영과 함께 있었다. 그런데 그중 한 여인의 얼굴이 그레이너와 아비게일에게 낯익었다. 바로 데비아니였던 것이다.

아비게일의 물음에 데비아니의 시선이 두 사람을 향했다.

"그레이너!"

두 사람을 보자 데비아니의 얼굴이 확 밝아졌다. 특히 그레이너를 발견하자 바로 달려오더니 그를 끌어안는 것이 아닌가.

"살아 있었구나. 정말 살아 있었어!"

그레이너는 약간 당황했다. 데비아니가 이렇게 자신을 반길 줄은 몰랐기 때문이다.

그레이너와 반대로 옆에 있는 아비게일은 데비아니의 마음을 안다는 듯 미소를 지었다.

이윽고 데비아니가 포옹을 풀자 그레이너가 물었다.

"어떻게 된 겁니까? 왜 여기에 데비아니 님이?"

"아비게일을 찾기 위해 아즈라 왕국에 들렀다가 로즈 여왕을 통해 알게 되었어. 그레이너, 네가 살아 있다는 걸. 두 사람이 로젠블러를 상대할 무기를 찾아 이곳으로 왔다기에 찾아온 거지."

"그랬군요."

"너와 아비게일이 나오길 기다리고 있었어. 원하는 것은 얻은 거야?"

그 물음에 그레이너와 아비게일의 시선이 마주쳤다. 그리곤 이내 고개를 끄덕였다.

"예."

"다행이야."

데비아니는 안도의 모습을 보였다. 그레이너와 아비게일은 그 모습이 의아하게 느껴졌다.

아비게일이 물었다.

"무슨 일이 있나요?"

"로젠블러가 무언가 심각한 일을 벌이고 있어. 지금 하늘에 나타나는 현상이 바로 로젠블러 때문이지."

"로젠블러요?"

두 사람의 표정이 변했다.

그레이너가 물었다.

"그게 뭡니까?"

"미안하지만 나도 알지 못해. 드래곤 로드인 카이네스 님께선 알고 계셨는데, 이야기를 듣기도 전에 도망쳐야 했어. 로젠블러가 드래곤을 무력화시킬 수 있는 란티모스라는 마계 무기를 가지고 있었든. 카이네스 님께선 그 무기에 당하고 마셨지."

'마계 무기?'

그레이너는 좀 더 묻고 싶었지만 이내 참았다. 모습을 보니 데비아니도 자세히 알지 못하는 것 같았기 때문이다.

"카이네스 님이 내게 당부했어. 누구에게든 도움을 요청해 로젠블러를 막으라고. 절대 로젠블러의 계획을 성공하게 둬서는 안 된다고 말이야. 그래서 아비게일을 찾아 나섰고 그러다 그레이너, 너의 생존 소식까지 듣게 된 거야."

"그렇게 된 거군요."

그레이너의 시선이 함께 있던 다른 인물들에게 닿았다. 오크나 놀, 드워프, 트롤 등 전혀 어울리지 않는 이상한 조합의 무리들이었다.

그걸 보고 데비아니가 말했다.

"너희가 태초의 나무에 간 사이 이분들에게 소식을 전했어."

이분들.

드래곤인 데비아니가 높여 부를 자들이 누구겠는가.

바로 그녀보다 더 나이가 많은 에이션트 급 드래곤들을 지칭하는 것이다.

그레이너와 아비게일은 즉시 예를 취했다.

"위대한 분들을 뵙습니다."

드래곤들은 까딱 고개만 끄덕였다.

이윽고 그중 트롤로 폴리모프한 드래곤이 물었다.

"촉박한 와중 데비아니의 말 때문에 너희를 기다렸다. 로젠블러를 죽일 무기를 정말 얻은 것이냐?"

"그렇습니다. 얻었습니다."

그레이너가 망설임 없이 고개를 끄덕였다.

"좋다. 그럼 더 시간 끌 것 없이 바로 황천의 끝자락으로 가자."

그 말에 모두가 고개를 끄덕였다.

일행은 바깥으로 나갔다. 밖에는 엘프 군단이 기다리고 있었다. 이미 이야기가 됐는지 함께 싸우기로 한 모양이었다.

한 드래곤이 주문을 외우기 시작하자 커다란 마법진이 무리의 발밑에 생겨났다. 이내 주문이 완성되자 드래곤이 외쳤다.

"매스 텔레포트(Mass Teleport)!"

바로 광범위 순간이동 마법이었다.

위이이이잉!

슈아아아아!

순간, 인원 전체가 빛에 휩싸였다.

빛은 강렬해졌고 주변으로 폭사되더니.

팟.

순식간에 사라졌다.

그리고 그 자리에 있던 그레이너 등도 보이지 않았다.

*   *   *

슈우우우욱!

파아아아앗!

엄청난 빛과 함께 수많은 그림자가 산속 어딘가에 생겨났다. 바로 방금 전, 매스 텔레포트로 순간이동을 한 그레이너와 드래곤들, 엘프 군단 등이었다.

"이런……."

황천의 끝자락으로 바로 순간이동 한 그들은 주변을 확인하자마자 인상을 찌푸렸다.

그 이유는 온통 피바다였기 때문이다.

황천의 끝자락은 전투의 흔적이 그대로 남아 있었다. 바로 로젠블러를 죽이기 위해 결성된 척살단의 흔적이.

이미 오래전부터 전투를 치렀는지 길 초입부터 시신이 즐비했다. 전투가 얼마나 치열했는지 흔적만으로도 알 수 있었다.

와아아아아!

멀지 않은 곳에서 함성이 들려오고 있었다. 아직 전투가 벌어지고 있는 것이다.

"가자!"

그레이너를 위시한 무리는 바로 함성이 들리는 곳으로 움직였다.

얼마가지 않아 무리는 전장에 도착할 수 있었다.

차차차창!

카카캉! 푸화아!

"죽어라! 더러운 어쎄신 놈들!"

"물러서지 마라! 더 밀어붙여!"

전장은 참혹하면서 살기가 넘쳐흘렀다. 척살단과 로젠블러의 군단이 치열한 공방전을 벌이고 있는 상황이었다.

로젠블러의 군단은 의외로 강력했다. 정예만 모은 척살단을 상대로 전혀 밀리지 않고 있었다.

"아달리드, 여길 맡아다오."

"알겠습니다."

유니지오의 명령에 아달리드가 고개를 끄덕이곤 자신의 부대에게 손짓했다. 그에 소속 엘프들이 아달리드를 따라 달려 나가며 활시위를 당겼다.

샤사사사삭!

"크아악!"

"끄억!"

엘프들의 궁술 실력은 대단했다.

적아가 뒤엉켜 싸우는 상황에 로젠블러의 군단만 정확하게 쏘아 맞힌 것이다.

"뭐, 뭐야!"

척살단은 갑작스러운 상황에 주변을 둘러봤고 엘프들을 확인하고는 놀란 얼굴을 했다. 그러다 엘프가 척살단을 돕는 걸 보고는 함께 전투에 돌입했다.

그들을 뒤로 하고 그레이너 등은 다시 전진했다.

전투는 여러 장소에서 벌어지고 있었다. 그에 엘프 부대가 곳곳에 합류했고 일행은 점점 신전에 가까워졌다.

"저건!"

이윽고 일행은 신전으로 가기 위해 다리 앞에 도착했는데, 순간 모두 그 자리에 멈춰 섰다.

어떤 광경이 그들 눈에 들어왔기 때문이다.

바로 신전에서 하늘로 올라가는 빛줄기.

그것은 모두의 시선을 사로잡았다. 왜냐하면 직감적으로 저것이 하늘에서 일어나는 괴현상의 원인임을 알았기 때문이다.

"로젠블러는 저기에 있겠군."

유니지오의 말에 누구도 반박하지 않았다. 모두 그럴 것이라 생각했기 때문이다.

"시간이 없어 보이는 군. 빨리 가지."

자세한 정황을 몰라도 빛줄기를 보자 알 수 있었다. 빛줄기가 점점 줄어들고 있었다. 만약 저 빛줄기가 완전히 사라진다면 어떤 일이 벌어질지 알 수는 없지만 좋은 일이 아닐 것은 확실했다. 다리의 상황도 지금까지 지나온 전장과 크게 다르지 않았다. 다리 곳곳에서 전투가 벌어지고 있었는데 많은 인원이 몰려 지나가기 힘든 곳도 있었다.

다급한 와중 그런 상황은 일행의 마음을 더욱 조급하게 만들었다. 결국 빨리 갈 수 있는 인원들이 먼저 앞으로 나아갔고 마침내 다리를 건널 수 있었다.

그래서 도착한 신전 입구, 일행은 멈춰야 했다.

쿠콰콰콰콰!

"방출!"

두 명이 입구를 막고 있었다.

바로 블랙1, 데이빗과 블랙4, 소냐.

데이빗은 자신의 능력, 볼케이노로 화염 폭풍과 용암을 쏟아내고 있었고, 소냐는 모든 데미지를 흡수하고 방출하는 흡수, 방출 능력을 사용하고 있었다.

"피해라!"

"크윽!"

이곳에 기사의 서열 1위인 미첼리도 공작을 비롯한 소드마스터들이 있었다. 그들은 두 사람을 상대하는데 힘겨워하는 중이었다. 아무리 소드마스터라도 상식을 달리하는 능력에 어려움을 겪을 수밖에 없는 것이다.

"여긴 내가 맡을게."

누군가 나서며 그레이너에게 말했다.

바로 르니였다.

르니는 소냐를 향해 몸을 날렸다.

"르니!"

데이빗과 소냐는 르니는 알아봤다.

특히 소냐는 르니를 보자 소드마스터들의 공격을 흡수하던 걸 멈추고 급히 물러섰다. 갑작스러운 상황에 소드마스터

272 죽은 자들의 왕

들은 의아해하지 않을 수 없었다.

"너!"

소냐는 르니를 노려보며 외쳤다.

그녀가 어떻게든 르니를 피하려고 하는 것을 보니 뭔가가 있는 듯했다.

쉬아악!

르니는 빨랐다.

그것 또한 엘프 종족의 특징이라고 해야 할까.

빠르게 소냐와의 거리를 좁혀나갔다.

"이익! 방⋯⋯!"

르니와 더 가까워지자 결국 소냐는 지금까지 모은 에너지를 방출하려 했다.

하지만 그전에 르니가 빨랐다.

"잠금(Lock)!"

"추⋯ 읍!"

소냐의 눈이 커지며 능력을 사용하지 못했다.

르니가 외쳤다.

"지금이에요! 그녀는 3분 동안 방출을 하지 못해요! 공격하세요!"

타탓!

쉬라락!

마치 르니의 말을 기다리기라도 했다는 듯 뒤에 있던 소드마스터들이 달려들었다. 누가 보면 오래전부터 손발을 맞춰 온 동료로 착각할 정도였다.

르니가 사용한 잠금, 그것은 바로 그녀의 능력이었다.

잠금은 대상의 마나 능력 중 하나를 잠시 사용하지 못하게 하는 힘을 가지고 있었다. 마나 능력은 어떤 것이든 상관이 없었다. 마법도 상관없고 검술도 상관없었다. 마나에 관련된 것이라면 3분 동안 사용하지 못하게 할 수 있었다.

얼핏 보면 그다지 대단한 능력으로 보이지 않는데, 사실 그렇지 않았다. 마나를 수련해 인간의 한계를 뛰어넘은 초인들에게 마나 능력 하나를 사용하지 못하게 하는 건 큰 타격이었다. 만약 소드마스터에게 오러 블레이드를 잠그면 어떻게 되겠는가. 심각한 타격이 아닐 수 없는 것이다.

그렇기에 어찌 보면 르니는 아주 까다로운 능력을 가졌다 볼 수 있었다.

소냐의 방출을 잠근 르니는 데이빗에게 향했고, 그에 데이빗도 지키던 자리에서 물러날 수밖에 없었다.

그에 길이 열렸고 그레이너 등은 즉시 지나갔다. 그들은 빛줄기를 향해 달렸고 드디어 목적지에 도착할 수 있었다.

우우우우웅!

거기엔 거대한 주신 아이네스의 석상이 있었다. 그 석상을 통해 빛줄기가 하늘로 올라가고 있었고, 빛줄기는 더더욱 얇아져 언제 끊어질지 모를 정도였다.

"한심하군. 여기까지 적들이 오게 만들다니."

그때 누군가의 목소리가 울려 퍼졌다.

일행의 시선이 그곳으로 향했고 일련의 인물들을 목격할 수 있었다.

"……!"

그런데 그들을 보자 아비게일의 눈동자가 심하게 떨렸다.

그들은 특이한 조합의 인물들로 노인 한 명과 몇 명의 중년인, 그리고 인간으로 보이지 않을 정도의 거대한 덩치들로 이루어진 자들이었다.

"…라단족이 어떻게 여기에?"

그때 드래곤 중 한 명이 말했다.

바로 커다란 덩치의 인물들을 향해.

그렇다. 그들은 바로 집행관 알사우스를 비롯한 에티안 인물들이었던 것이다.

아비게일이 동요를 보인 이유가 디로드인 로젠블러가 음모를 꾸민 자리에 에티안 인물들이 있었기 때문이다.

"이제 우리가 나서야겠군."

드래곤들이 말했다. 지금까지 일부러 정체를 숨기고 있었지만 라단족 전사들을 본 이상 더는 그럴 수 없었다. 상대의 강함이 느껴지기도 했지만 라단족은 드래곤조차 방심할 수 없을 정도로 강력한 종족이기 때문이다.

"크흐흐흐, 드래곤이군."

라단족 전사 중 하나인 쉘파가 정체를 알아보고 말했다. 드래곤임을 알면서도 여유가 넘쳐흘렀다.

"도망간 도마뱀이 알려주지 않았나보군. 자신들이 여기선 쓸모없는 존재란 걸."

쉘파는 뱀 형상의 단창을 만지작거리며 말했다. 바로 드래곤 대전용 마계 무기인 란티모스였다.

그것을 보자 드래곤들의 눈빛이 어두워지지 않을 수 없었다. 하지만 그건 잠시일 뿐, 이윽고 눈을 빛냈다. 왜냐하면 란티모스의 수가 3개였기 때문이다.

드래곤의 수는 데비아니까지 포함해 여섯. 세 기의 드래곤이 당한다 해도 나머지 세 기는 문제없이 전투에 임할 수 있는 것이다. 드래곤 로드가 당했다는 소식을 들은 드래곤들은 그 정도 각오는 하고 있었다.

'역시 많지 않았어.'

데비아니는 란티모스가 많지 않을 거라 예상했다. 드래곤을 일격에 제압할 수 있는 란티모스가 언제 어느 때든 만들어지는 흔한 무기일 리 없기 때문이다. 거기다 마계의 것이니만큼 소유 개수가 많지 않을 거라 예상했고 그것이 정확하게 들어맞은 것이다.

쉘파가 그런 생각을 안다는 듯 말했다.

"란티모스가 없어도 도마뱀 따위는 우리 라단족에 상대가 되지 않는다. 그러니 그렇게 기대하지 말라고."

"오만한 만큼 실력이 있는지 보자꾸나."

우우우우웅!

이내 드래곤들이 폴리모프를 풀며 본 모습으로 돌아갔다.

거대한 몸체가 드러내며 주변을 가득 메웠다. 그로 인해 압도적인 위신이 드러났다.

'가, 그레이너.'

텔레파시로 데비아니의 목소리가 그레이너의 머릿속에 속삭였다.

크와아아아아아!

푸화아아아!

전투가 시작되며 드래곤들이 브레스를 뿜으려 했고 라단족 전사들과 에티안 인물들이 움직였다.

타탓!

그것을 신호로 그레이너는 달렸다.

석상 안으로.

그런데 막 안으로 들어가려 하는데 누군가가 뛰어들었다.

"어딜 가느냐!"

바로 에티안의 집행관 알사우스였다.

알사우스는 그레이너를 공격하며 외쳤다.

"아비게일, 그를 죽여라!"

바로 그레이너를 뒤따르는 아비게일에게 명령을 내린 것이다.

그에 아비게일이 검을 뽑았다.

그러고는 그레이너에게 몸을 날렸다.

쉬라락!

카캉!

"너!"

그런데 갑자기 알사우스의 당황한 외침이 울려 퍼졌다.

그 이유는 아비게일이 그레이너를 공격하는 자신의 검을 막았기 때문이다. 그레이너는 그것을 힐끗 보고는 그대로 석상 안으로 들어가 버렸다.

"네가 지금 에티안을 배신한 것이냐?"

알사우스가 분노한 눈빛으로 물었다.

아비게일은 대답 대신 질문을 했다.

"왜 이곳에 에티안이 있는 겁니까? 왜 디로드를 돕는 것인가요?"

"내가 먼저 물었다. 그리고 어떤 상황이든 넌 내 명령에 따르기만 하면 될 뿐!"

"전 꼭두각시가 아닙니다. 무조건 따를 수는 없습니다."

알사우스가 비릿한 웃음을 지었다. 그가 서늘하게 말했다.

"변명에 지나지 않는구나. 그 대답으로 네 죽음은 결정되었다. 지금부터 널 심판하리라!"

알사우스의 검에서 빛이 일며 아비게일에게 들이닥쳤다.

아비게일도 오러 블레이드를 만들며 상대하기 위해 나섰다.

그렇게 두 사람은 격돌했다.

*　　　*　　　*

저벅, 저벅.

적막 가득한 석상 안의 공간.

참혹하고 치열한 바깥 상황과 달리 석상 안은 그레이너의 발소리가 들릴 정도로 조용했다. 석상의 내부는 굉장히 컸다. 그곳에서 그레이너는 볼 수 있었다. 높은 단상 위에서 빛줄기를 등진 채 자신을 내려다보고 있는 한 인물을.

"역시 네가 올 줄 알았다, 그레이너."

그자는 바로 이 모든 일의 원흉, 로젠블러였다.

로젠블러는 여유로운 미소를 지으며 말했다.

"불멸의 존재로 살아오며 주인의 명을 완수하는 이 순간, 네가 이 자리에 나타나다니… 그것 또한 운명이겠구나."

"……."

"그래, 이런 역사적인 자리에 관객 한 명쯤은 필요한 법이지. 특히 너라면 자격이 있다. 그런 의미에서 누구도 알지 못했던 이야기를 네게 해주마."

이윽고 로젠블러는 회상에 잠기더니 이야기를 시작했다.

"아주아주 오래전, 세상은 하나였다. 마계, 천계, 중간계, 하계, 암계 구분할 것 없이 모두가 하나였지. 그런 시대에 난 한낱 거지 소년에 불과했다. 언제 굶어 죽어도 이상하지 않을 정도로 비쩍 마른 거지 소년. 누구도 내게 관심을 주지 않았고, 누구도 내게 먹을 것을 주지 않았지. 그런데 어느 날 한 존재가 내 앞에 나타났고, 나를 구원해 주었다. 난 그분의 은혜에 살아날 수 있었고 행복을 맛볼 수 있었지. 바로 아리엘 님에 의해서 말이야."

'아리엘?'

그레이너의 눈이 가늘어졌다. 어디서 많이 들어본 이름이었던 것이다.

'마왕 아리엘?'

그러다 무언가 생각이 났다.

바로 악마왕 아리엘.

악마왕 또는 마왕 아리엘이라 불리는 존재로 암흑의 신이자 마신인 '레칸'을 수호하는 4대 마왕 중 하나였다.

그레이너는 로젠블러가 거론한 아리엘이 마왕 아리엘을 거론한 것인지 가늠이 되지 않았다.

"아리엘 님의 은총으로 인해 난 새로운 존재로 태어났고, 불멸의 존재가 되어 모든 것이 사라지는 그날까지 그분을 섬기기로 다짐했다. 이후 아리엘 님을 섬기며 목숨 같은 형제들이 생겼고 행복한 나날을 보냈는데, 어느 날 갑자기 악몽 같은 일이 벌어졌다. 주신이 하나였던 세상을 나눠버린 것이지. 아니, 정확히 말하면 중간계를 모든 것으로부터 막아버린 거야. 그러자 주인님은 우릴 떠날 수밖에 없는 상황이 돼 버렸고 절망에 빠지고 말았다."

"……."

"주인님은 떠나며 우리에게 말하셨다. 중간계가 어둠을 잊지 않게 노력하라고. 빛이 잠식하지 못하게 막으라고. 그에 나와 형제들은 주인님이 명한대로 디로드를 만들었고, 빛이 정의며 천사가 선이라고 떠벌리고 다니는 에티안 놈들을 대적했다. 우리 형제는 전 대륙으로 흩어져 어둠이 잊히지 않도록 매진했고, 에티안의 빛을 꺼뜨리기 위해 힘썼지. 하지만 에티안 또한 필사적이었기에 쉽게 사그라지지 않았고 지지부진하게 시간만 흐르더군. 결국 지친 우리와 에티안은 싸움을 중단했고 인간 세상으로 시선을 돌렸다. 인간들을 이용하기로 한 것이지. 그때 얻은 명성이 바로 전설의 검술사 로빌라드였다."

"……!"

그레이너의 표정이 살짝 변했다.

로젠블러가 충격적인 사실을 두 가지나 밝혔기 때문이다.

첫 번째는 에티안과 디로드가 천사와 악마에 의해 만들어진 집단이라는 것. 두 번째는 전설의 검술사 로빌라드의 정체가 바로 로젠블러였다는 것.

그레이너는 두 가지 모두 놀라웠다.

둘 다 자신과 연관이 있기 때문이다.

자신이 가졌던 그림자 군주 능력이 악마의 힘이라는 것이고, 예전 질리언 검술을 사용하며 변명처럼 이야기했던 것이 바로 로빌라드였기 때문이다.

─우리가 가지고 있던 능력이 악마의 것이었군.

─상식적으로 존재하기 힘든 능력이라 여겼더니 그런 진실이 숨어 있었구나.

─로젠블러가 로빌라드라니. 로젠블러의 강한 검술이 이제야 이해가 가는군.

선조들도 놀란 반응을 보였다. 그림자군주의 진실과 로젠블러의 숨은 정체가 그 유명한 로빌라드라 하니 놀라지 않을 수 없는 것이다.

"그렇게 얼마의 시간이 흘렀을까, 어느 날 중요한 사실 한 가지를 알게 되었다. 바로 주인님을 다시 만날 방법이 있다는 것이었지."

스르르.

그레이너의 발밑으로 검은 기운이 스멀스멀 흘러나왔다.

"그건 바로 주신에 의해 만들어 진 차원차단막을 파괴하는 것이었다. 중간계를 다른 차원과 막아버린 차원차단막만 파괴한다면 다시 마계와의 길이 열리는 것이고, 주인님께서 다시 우리 곁으로 돌아올 수 있다는 사실이었지."

검은 기운은 느릿느릿 주변으로 퍼져 나갔다.

"그때부터 난 차원차단막을 파괴할 방법을 찾아다녔고, 정보를 얻기 위해 새로운 조직을 만들었다. 어쌔신 집단인 블랙 클라우드를 말이야."

블랙 클라우드의 탄생 비화에 그레이너의 눈썹이 꿈틀거렸다.

"블랙 클라우드를 통해 작은 정보도 허투루 하지 않은 끝에 결국 난 모든 진실을 알게 되었다. 주신은 차원차단막을 만들면서 중간계에 기반을 뒀다. 다른 차원에서 차원차단막을 손대거나 파괴하지 못하도록 힘의 원천을 중간계에 숨겨두었지. 차원차단막을 유지하는 에너지 기둥은 6개로 이루어져 있었고 난 그것을 찾아다녔지. 고생 끝에 에너지 기둥 중 하나가 포이즌 우드 대륙에 있다는 것을 알게 되었고 바로 이곳, 아이네스의 성소의 존재를 발견했다. 이 빛이 보이나?"

로젠블러가 빛줄기를 가리키며 말했다.

그레이너는 이미 이전부터 보고 있었다. 하늘로 향하는 빛줄기를.

'그렇다면 빛줄기의 정체가 차원차단막을 받치는 에너지 기둥이었단 말인가.'

로젠블러는 에너지 기둥을 보며 말했다.

"이곳 아이네스의 성소는 진작 찾을 수 있었지만 난 어떻게 할 수 없었다. 성소의 숨겨진 문을 열고 차원차단막의 기둥을 제어하기 위해선 핵, 즉 열쇠가 필요했는데 그것이 없었거든. 난 열쇠를 찾기 위해 수백 년을 수소문했지만 실마리조차 없더군. 답답함은 더해갔고 고민은 늘어갈 때쯤, 하나의 소식을 접했다. 열쇠를 시어스 제국의 황족이 소유하고 있다는 것이었다. 주신이 은밀히 한 일족에게 열쇠를 맡겼는데, 그 일족이 바로 시어스 제국의 황족이었던 거지."

검은 기운이 점점 더 로젠블러에게 다가갔다.

로젠블러는 그걸 아는지 모르는지 이야기를 계속했다.

"난 열쇠를 가지고 있는 것으로 추정되는 황족을 도와 그를 황제로 만들었고 가까워졌다. 그들과 함께하며 열쇠의 행방을 찾으려 했지. 그사이 블랙 클라우드가 멸망했지만 아깝지 않았다. 열쇠만 손에 넣는다면 그런 건 아무것도 아니니까. 그러다 결국 열쇠의 행방을 알게 됐고 난 놀라지 않을 수 없었다. 왠지 아느냐?"

그레이너는 고개를 저었다.

검은 기운은 어느새 로젠블러의 발밑 근처까지 갔다.

"열쇠는 유형의 물체가 아니었기 때문이다. 무형의 존재로 일족에 의해 대대손손 전달되고 있었던 거지. 그 열쇠를 가지고 있던 사람이 바로 여기 있는 황녀 안드레아다."

에너지 기둥의 중심에 누워 있는 붉은 머리의 여인.

바로 시어스 제국의 황녀 안드레아였다.

그제야 로젠블러가 왜 안드레아 황녀를 납치했는지 이유를 알 수 있었다.

그녀 자체가 차원차단막의 기둥을 제어할 수 있는 열쇠이기에 모든 방법을 동원해 소유하려 했던 것이다. 더불어 에티안이 로젠블러와 손을 잡은 것도 짐작이 갔다. 차원차단막이 파괴되면 마계와의 길도 열리지만 천계와의 길도 열렸다. 비슷한 입장인 에티안이 손을 잡지 않을 이유가 없었다.

"이제 얼마 남지 않았다. 기둥을 해제하기까지 필요한 100일의 시간이 거의 다 지나갔어."

로젠블러의 말대로였다.

에너지 기둥은 굉장히 가늘어져 있었다.

이제 얼마 있지 않아 끊어질 듯했다.

그래서 그레이너가 은밀히 움직였던 것이다.

로젠블러가 자신의 이야기로 시간을 끌고 있다는 걸 눈치챘기에.

로젠블러가 시간을 끈다면 자신은 은밀히 공격할 생각이었다.

그때 로젠블러의 시선이 그레이너를 향했다.

"그러니 넌 나를 막지 못할 것이다!"

슈라라라라락!

로젠블러의 외침과 동시에 지금까지 은밀히 움직이던 검은 기운들이 한꺼번에 일어섰다.

검은 기운은 로젠블러를 덮쳤다.

슈악!

하지만 로젠블러가 더 빨랐다.

그는 어느새 그레이너에게 몸을 날리고 있었다.

"내가 모를 줄 알았더냐!"

로젠블러는 이미 검은 기운에 대해 알고 있던 모양이었다.

주아아아악!

로젠블러의 몸에서 검은 장막이 일어났다.

장막은 그레이너를 향해 쏘아졌다.

샤샤샤샤샥!

그러자 그레이너의 그림자에서 수많은 인영이 나타나더니 그것을 맞이했다.

타타타탕!

퍼퍼펵!

검은 장막과 검은 인영들이 격돌했고 이상한 소음이 발생했다.

답답하면서도 무거움이 느껴지는 타격음이.

"이게 무엇이냐? 그림자 군주 능력은 내게 빼앗겼을 터인데?"

로젠블러가 의아한 얼굴을 했다.

그레이너의 검은 인영들이 그림자 군주 능력과 흡사 보인 것이다.

검은 장막과 검은 인영들.

바로 그림자 군주와 선조들이 맞붙은 것이다.

선조의 정체를 알지 못하는 로젠블러 입장에선 오해할 만한 모습이었다.

하지만 이내 상관없다는 듯 로젠블러는 전투에 집중했다.

그레이너와의 거리가 가까워지자 로젠블러는 한 손엔 검을 들고 다른 한 손은 그레이너를 향했다.

그것을 보자마자 그레이너가 검을 들어 막았다.

슈웅!

퍼펑!

로젠블러의 손에서 섬광이 쏟아지더니 그레이너를 향했고, 그레이너는 그것을 검으로 막았다.

크카카카캉!

차차차창!

채챙! 터터팅!

그리고 곧이어 로젠블러의 검이 들이닥쳤다.

로젠블러의 공격은 가차 없었다.

숨도 쉬기 힘들 정도로 빠르게 그레이너를 공격해 들어갔다.

그레이너도 쉽게 당하지 않았다.

역시나 눈에 보이지 않을 정도로 검을 휘둘러 방어해냈다.

"소용없다! 넌 내 계획을 막을 수 없다!"

"로젠블러! 착각하고 있구나! 난 네놈 따위의 계획에 관심 없다! 내가 원하는 건 오직 동생의 복수뿐!"

두 사람은 사정없이 검을 휘두르며 서로를 죽이려 했다.

그림자 군주와 선조들이 기회를 보고 두 사람을 도우려했지만 어려웠다.

두 존재가 서로 견제하는 것만으로도 몸을 빼기 힘든 것이다.

시간이 흐르자 그레이너의 몸에 상처가 나기 시작했다.

그레이너의 실력이 뛰어나긴 하나 불멸의 존재로 살아온 로젠블러의 검술을 뛰어넘을 순 없었다.

더구나 그는 자신이 가지고 있는 능력을 한껏 발휘했다.

"시간 끌 것 없이 끝내주마!"

또다시 로젠블러의 손이 빛나며 섬광이 쏘아졌다.

퍼퍽!

그레이너의 옆구리에 구멍이 났다.

지척에 있기도 했지만 로젠블러의 검을 막는 와중이라 피할 수가 없었다.

퍽!

퍼퍽!

로젠블러의 섬광 공격은 계속됐고, 그레이너의 몸에 생겨나는 구멍은 점점 늘어났다.

얼마 지나지 않아 입고 있는 옷이 피에 흥건해진 건 당연한 일이었다.

"능력이 없는 이상 네놈은 필멸의 존재인 인간에 불과한 법! 죽음이 너를 덮칠 것이다!"

로젠블러의 공격이 더욱 매서워졌고, 그로 인해 그레이너의 몸은 더욱 만신창이가 되었다.

"크읍!"

결국 그레이너가 피를 토하며 몸을 휘청거렸다.

그 순간,

슈악!

로젠블러의 검이 틈을 비집고 들어왔다.

푸욱!

"컥!"

그레이너의 신형이 크게 흔들렸다.

그가 자신의 가슴을 내려다봤다.

로젠블러의 검이 정확히 그의 심장을 뚫고 등 뒤로 빠져나와 있었다.

로젠블러의 얼굴에 미소가 지어졌다.

"그레이너, 끝났다."

*　　　*　　　*

"으흑!"

"이제 끝내주마, 아비게일."

알사우스는 쓰러진 아비게일의 목을 밟고 머리 위에 검을 겨눴다.

치열한 공방 끝에 결국 알사우스가 이긴 것이다.

"감히 네가 에티안을 배신하다니. 그 대가가 어떤 것인지 지금부터 알려주마."

알사우스의 눈에서 광채가 일어났다.

그 눈으로 그는 아비게일의 눈을 내려다봤다.

"우선 네게 내린 권능을 회수하겠다. 그런 후 그 어디서도 느껴보지 못한 고통을 네게 맛보여주마."

알사우스의 시선에 아비게일은 눈을 감을 수가 없었다.

저절로 알사우스를 마주보게 됐다.

그런데 갑자기,

"이, 이게 어떻게……!"

알사우스가 당황한 반응을 보였다.

그의 눈에서 나오던 광채가 사라지면서 경악어린 표정이 되었다.

"어떻게 된 것이냐! 왜 권능이 사라진……!"

그때였다.

콰드드드드!

퍼벅!

"크윽!"

순간 바닥의 돌이 일어나며 알사우스를 덮쳤다.

당황하고 있던 알사우스는 그것을 피하지 못하고 튕겨져 나갔다.

"괜찮으시오?"

누군가가 나타나더니 아비게일을 부축했다.

바로 유니지오였다.

"네, 괜찮아요."

아비게일은 힘겹게 몸을 일으켰다. 그리곤 알사우스를 찾았다.

"이······!"

알사우스는 그녀를 노려보고 있었다. 공격을 당한 것보다 아직도 그녀의 능력이 없는 것에 당황스럽고 화가 나는 모양이었다.

"같이 상대합시다."

그 말과 함께 유니지오가 알사우스에게 몸을 날렸다.

그의 곁에 4대 정령이 함께하고 있었다.

아비게일은 어딘가를 바라봤다.

바로 석상 쪽을 향해.

"그레이너······."

나지막이 말하던 아비게일은 이내 시선을 돌리곤 몸을 날려 유니지오를 뒤따랐다.

*　　　*　　　*

와락!

"······!"

흐느적거리며 곧 죽을 것 같던 그레이너가 갑자기 로젠블러에게 달려들었다.

지척에 있는데다 곧 죽을 것으로 생각한 로젠블러는 피하지 못했다.

짜드득!

"크윽!"

로젠블러가 비명을 질렀다.

자신을 껴안은 그레이너가 목덜미를 깨물었기 때문이다.

예상 못한 공격에 로젠블러는 자신도 모르게 소리를 치고
말았다.

"이놈, 무슨 짓……!"

짜득!

으득!

로젠블러는 그레이너를 떼내려 했다.

하지만 그레이너는 절대 떨어지지 않겠다는 듯 그를 꽉 붙
들고는 계속 로젠블러를 물었다.

얼마나 강하게 물었는지 살점이 떨어져나가고 뼈가 보일
정도였다.

"이놈이!"

퍼퍼퍼퍽!

그에 로젠블러는 손바닥을 그레이너에게 붙이고는 계속
섬광을 쏘아댔다.

그것 때문에 그레이너의 몸이 들썩거렸다.

그리더니 결국,

픽!

쿠당탕탕!

튕겨 나가고 말았다.

"감히!"

개싸움에 가까운 전투에 로젠블러의 눈에 불길이 일었다.

굉장히 화가 난 것이다.

그의 시선이 이내 그레이너를 향했는데,

"아니!"

놀란 얼굴이 되었다.

왜냐하면 신형을 일으키는 그레이너의 몸이 순식간에 아물어갔기 때문이다.

자신의 공격에 수많은 상처를 입었던 몸이 마법처럼 아물어버리다니, 놀라지 않을 수 없었다.

"어, 어떻게……!"

"설마 내가 속수무책으로 당한 게 당신이 강해서라고 생각했나?"

그 말에 로젠블러의 눈썹이 꿈틀거렸다.

그럼 일부러 자신의 공격을 허용했다는 이야기 아닌가.

로젠블러는 의도를 묻기 위해 막을 입을 열려는 순간,

"……!"

그의 눈이 커졌다.

몸을 부들부들 떨며 그레이너가 깨물었던 목덜미를 잡았다.

복원 능력으로 인해 원래 상태로 돌아왔지만 그의 손은 떨리고 있었다.

"무슨 짓을 한 것이냐!"

자신의 몸이 이상했다.

몸을 제대로 가누기 힘들면서 굳어지는 느낌이었다.

"독이다. 당신이 스승님과 아즈라의 맥기본 왕에게 사용했던 그 독, 베넴(Venem), 아니, 정확히 말하면 태초의 나무, 나뭇잎 독이라 해야겠지."

"뭐, 뭐야?"

로젠블러의 동공이 크게 흔들렸다.

베넴 독이라니.

그걸 어떻게 그레이너가 안단 말인가.

"네가 그걸 어떻게……!"

"복수를 위해 가능한 모든 방법을 찾았거든. 그중 태초의 나무가 생각나더군. 스승님과 맥기본 왕을 죽게 만들었던 베넴 독의 원천. 그 독이라면 당신을 죽일 수 있겠다 여겼고 직접 내 몸에 담아왔지."

"말도 안 된다! 그렇다면 너 역시 이미 중독이 됐다는 뜻인데 어찌 멀쩡한 것이냐!"

"독을 안착시켰으니까. 태초의 나무뿌리가 안착시키는 작용을 하더군. 덕분에 몸에 독을 보유하고도 멀쩡할 수 있는 거지. 대신 이문 능력을 상실한 당신은 독을 피할 수 없을 테지."

사실 사연은 이러했다.

태초의 나무를 찾아 갔을 때 하루도 되지 않아 그레이너는 태초의 나무까지 가는 게 힘들다는 것을 직감했다. 태초의 나무까지 가는데 성공한다 해도 많은 시일이 걸릴 것이 확실해 보였다.

그때 아비게일이 나섰다. 그녀는 두 사람 움직이는 것은 비효율적이라며 속도를 위해선 그레이너만이 움직이는 게 좋겠다는 의견을 냈다.

거기에 더해 아비게일은 자신의 재생 능력을 전이하겠다고 했다. 재생 능력이 없다면 태초의 나무까지 가는 게 거의 불가능해 보였기 때문이다. 그리고 능력을 전이할 정도로 그녀는 그레이너를 믿은 것이다.

그녀의 믿음을 그레이너는 배신할 수 없었고, 그래서 아비게일의 재생 능력을 그가 소유하고 있었던 것이다.

'놀라운 건 전이가 가능했다는 거지.'

그레이너는 능력 전이가 가능했던 것이 놀라웠다. 아무래도 그림자 군주 능력을 가졌던 신체였기 때문이 아닐까 예상할 뿐이었다.

"이, 이……!"

로젠블러의 분노에 치를 떨었다.

사실 예전이었다면 이건 문제가 되지 않았다. 왜냐하면 모든 해로운 것으로부터 신체를 보호하는 이뮨(Immune) 능력을 가지고 있었기 때문이다. 예전 베넘 독을 채취할 수 있었던 것도 이뮨 능력을 가지고 있어서였다.

한데 그 이뮨 능력을 전이한 블랙9 텁이 그레이너에게 죽으면서 능력을 상실하고 말았다.

자신의 경지에 자부심을 자지고 있던 로젠블러는 당시 그 일을 크게 신경 쓰지 않았는데, 그게 이런 결과를 불러올 줄은 상상도 하지 못했다.

베넴 독에 대해서 잘 아는 그였기에 이제 자신에게 어떤 결과가 벌어질지 모르지 않았다.

이뮨이 아닌 다른 능력으론 막을 수 없었다.

그레이너의 스승이 그랬던 것처럼 자신도 혼수상태에 빠질 것이 분명했다. 문제는 불멸의 존재인 자신은 죽음이 아닌 영겁의 잠에 빠져들 거라는 것이었다.

"내 잠들더라도 네놈만은 죽이고 잠이 들 것이다!"

결국 대노한 로젠블러가 몸을 날렸다.

하지만 그레이너가 빨랐다.

슈욱!

"안 돼!"

그레이너가 몸을 날린 곳은 바로 에너지 기둥이 있는 곳.

그는 즉시 안드레아를 안아 에너지 기둥을 벗어났다.

타닷!

쉬라락— 뚝!

로젠블러의 신형이 순식간에 그레이너에게 도착했고 검이

머리를 꿰뚫으려 했다.

하지만 지척에서 멈췄다.

그레이너가 안드레아를 방패로 삼았기 때문이다.

"으음……."

그때 안드레아의 눈이 서서히 떠졌다.

그녀의 정면은 그레이너였기에 눈을 뜨자마자 본 것은 그의 얼굴이었다. 안드레아는 그레이너의 얼굴을 멍한 눈으로 보더니 입을 열었다.

"꿈인가요?"

그레이너는 로젠블러와 노려보며 대치하는 상황.

그녀를 보지 않고 대답했다.

"아니오."

"내 소원이 통한 건가요? 당신을 다시 보길 원했는데."

"……."

"당신이 진짜군요. 나와 납치됐던 사람, 그는 날 알아보지 못했어요. 그때 알았죠. 정기 회합에서 만났던 데미안과 납치된 데미안이 다른 사람이라는 걸."

예전 동국 연합 정기 회합에서 그레이너는 데미안으로 분해 안드레아를 만났었고 그녀는 그에게 호감을 보였었다. 이후 로젠블러에게 데미안과 함께 납치된 후 데미안이 자신을 알아보지 못하자 그녀는 두 사람이 다른 사람임을 눈치챈 것이다.

"쌍둥이겠죠?"

"어떻게 확신하시오."

"함께 납치됐던 데미안에게 유도질문을 좀 했지요. 그는 많이 당황하더군요."

"……."

"날 구하러 왔나요?"

"아니오. 동생의 복수를 하러 왔소."

"그 대상은 아마도 날 납치한 자겠지요?"

"그렇소."

"그렇다면 복수하세요."

로젠블러의 얼굴이 찌푸려졌다. 검을 잡은 손이 조금 떨리는 것이 독성이 더욱 강력해지는 모양이었다. 그레이너는 그런 로젠블러의 얼굴에서 여전히 시선을 떼지 않았다.

"당신도 원하시오?"

"원해요."

"그렇다면 나를 도와줄 수 있겠소?"

"손가락 하나 까딱할 힘도 없는 내가 도움을 줄 수 있나요?"

"있소. 당신은 허락만 하면 되오."

안드레아는 망설임 없이 답했다.

"좋아요. 돕겠어요."

그러자 처음으로 그레이너의 시선이 안드레아를 향했다. 그는 안드레아를 마주보며 말했다.

"고맙소."

푸욱!

"안 돼—!"

슈악!

순간 안드레아 황녀의 신형이 덜컥거렸다.

그리고 동시에 로젠블러가 비명에 가까운 외침을 내지르며 검을 휘둘렀다.

그레이너는 안드레아를 놓고 그대로 몸을 날려 피했다.

"안 돼! 안 돼—!"

로젠블러가 안드레아의 몸을 받았다.

그리곤 그녀를 내려다보며 고통스러운 얼굴을 했다.

안드레아 황녀의 심장에 검이 꽂혀 있었다.

그레이너가 그녀를 죽여 버린 것이다.

'미안하오.'

안드레아 존재 자체를 없애버렸다.

그로 인해 로젠블러의 계획을 완전히 무산시킨 것이다.

안드레아 황녀는 그런 의도도 알지 못하고 그레이너의 도움을 승낙한 것이다.

"이, 이놈… 거의 다됐는……."

로젠블러는 부들부들 떨며 그레이너를 노려봤다.

차원차단막의 기둥은 실처럼 가늘어져 있었다.

위태위태했지만 소멸하진 않은 상태였다.

아주 찰나의 차이로 기둥을 파괴하는데 실패한 것이다.

로젠블러는 제대로 몸을 가누지 못했다. 베넘 독이 이젠 거의 다 몸을 잠식한 것이다. 그레이너는 이내 쓰러진 로젠블러에게 다가갔다. 그는 그를 내려다보며 말했다.

"당신이 평생 원하던 꿈, 그걸 짓밟는 것이 동생에 대한 최고의 복수겠지."

"으으……!"

로젠블러는 마지막까지 원통한 듯 감기는 눈에 저항하며 신음 소리를 냈다.

그러다 결국,

"……."

완전히 눈을 감아버렸다.

혼수상태에 빠진 것이다.

그레이너는 그런 로젠블러는 잠시 내려다봤다.

동생의 원한을 갚고 복수에 성공했지만 의외로 별다른 감정이 느껴지지 않는 모습이었다.

그런데 그때였다.

스스스스스.

갑자기 로젠블러의 몸에서 검은 물결이 흘러나왔다.

그리곤 그레이너에게 다가오더니 맴도는 것이 아닌가.

그것을 보자 그레이너의 표정이 변했다.

그는 무언가를 생각하는 듯하더니 마나홀을 열었다.

그러자,

화아아아아!

검은 물결이 그레이너를 덮치는 것이 아닌가.

검은 물결은 그레이너를 중심으로 소용돌이쳤고 잠시 후 잠잠해졌다.

"이럴 수가!"

그레이너는 놀란 반응을 보였다.

그 이유는 그림자 군주 능력이 다시 자신에게 돌아왔기 때문이다. 검은 물결의 정체는 그림자 군주 능력이었고, 놀랍게도 능력이 의사가 있는 생물처럼 스스로 움직여 그레이너를 향한 것이다.

푸화아아아!

그레이너가 그림자 군주 능력을 사용했다.

그러자 주변 전체가 그림자로 휩싸였다.

그레이너는 다시 찾은 힘에 희열을 느꼈다.

웅웅웅웅웅!

그런데 그때였다.

로젠블러의 몸에서 진동이 일었다.

스윽.

그레이너는 그걸 보자 눈빛이 변했고 이내 로젠블러의 단전에 손을 가져다 대었다.

그러자 갑자기,

웅웅웅!

쿠콰콰콰콰콰!

엄청난 힘의 소용돌이와 함께 여러 가지 광채가 로젠블러의 몸에서 쏟아져 나오기 시작했다.

붉은 광채, 파란 광채, 노란 광채 등 여러 가지 광채가 로젠블러의 몸에서 나오더니 그레이너의 몸으로 옮겨갔다.

슈우우우우!

그리고 잠시 후, 소용돌이가 잠잠해지며 광채가 사라졌다.

로젠블러의 몸은 이제 아무런 힘도 느껴지지 않았다.

스으으으.

그레이너는 눈을 감은 채 가만히 앉아 있었다.

얼마의 시간이 흐른 후, 그가 눈을 떴을 때.

파아앗!

그레이너의 눈에선 강력한 안광이 쏟아져 나왔다.

에필로그

죽은 자들의 왕

모든 것이 하얗게 빛나는 어느 공간.

어떤 존재가 다리를 꼰 채 의자에 앉아 나른한 자세를 취하고 있었다. 그자의 모습은 아주 경이로웠다. 온몸이 광채를 발했는데, 거기서 알 수 없는 위세가 흘러나오고 있었다.

스으으.

한데 그 존재가 있는 곳에 안개 같은 잔상과 함께 누군가가 나타났다. 그자는 다가오더니 한쪽 무릎을 꿇었다.

—실패하였습니다.

고개를 숙이며 말하는 그자의 목소리는 이 세상의 것이 아닌 것 같았다.

왼손으로 턱을 괴고 있던 광채의 존재가 말했다.

—네 장담이 틀렸구나.

—송구합니다.

—되었다. 어차피 얼마나 조금 더 시간을 앞당기느냐의 차이인 일이었을 뿐.

—그래도 성과가 아예 없는 것은 아니었습니다. 하나의 기둥을 약화시켰으니 차원차단막의 균형이 빠르게 무너질 겁니다.

—천계의 반응은?

—겉으론 아닌 척했지만 아쉬워하는 눈치였습니다.

—그렇겠지. 차원차단막의 파괴는 그들도 원하는 일이니.

—주신께선 어찌하고 계시더냐?

—여전히 모습을 드러내지 않고 계십니다.

—그러시겠지. 이제 영겁의 수면에 드실 분이니.

—이번 일을 모르시진 않을 겁니다.

—상관하지 않으실 것이다. 중간계가 감내해야 할 일이라 여기실 터이니.

순간 광채를 발하는 존재의 눈빛이 변화를 보였다.

—점점 운명의 시간이 다가오고 있다. 마계와 천계의 명운이 걸린.

—그날의 승리를 위해 많은 것을 준비하고 있습니다.

—운명을 손에 쥐는 것은 결국 중간계를 손에 넣는 쪽. 그

걸 잊어선 안 될 것이다, 아리엘.

─명심하겠습니다, 레칸이시여.

아리엘이라 불린 자는 이내 공손히 예를 취하고는 연기처럼 사라졌다.

광채의 존재는 다시 눈을 감았고 주변은 다시 적막에 휩싸였다.

*   *   *

아즈라 왕성.

10년 전 황천의 끝자락 승리 기념으로 만들어진 왕실 화원에 한 남자가 거닐고 있었다.

굉장히 고급스러운 옷을 입고 있는 것으로 보아 보통 신분이 아닌 듯한 남자는 화원을 거닐다 이윽고 어떤 곳에서 걸음을 멈췄다.

걸음을 멈춘 남자가 시선을 준 것은 하나의 비석.

유독 공들인 꽃밭에 어울리지 않는 어떤 비석이었는데, 특이하게 아무것도 새겨지지 않은 상태였다.

남자는 비석을 한참 내려다보고 있었는데,

"달링."

갑자기 뒤에서 누군가의 목소리가 들려왔다.

목소리의 주인은 갈색 머릿결에 눈웃음이 매력적인 묘한

분위기의 미인이었다. 그녀는 남자가 돌아보자 그대로 손으로 감싸더니 진하게 입을 맞추었다.

쪽.

"역시 여기있었군요. 우선 여기부터 오길 잘했네요. 헛걸음하지 않아서."

"당신이라면 언제나 날 잘 찾지 않소. 근데 말이오, 그 달링이란 호칭 좀 그만 쓰면 안 되겠소? 10년이 지났어도 그 호칭은 영 적응이 되질 않는 구려."

"그럴 수 없어요. 인간들은 사랑하는 사람을 이렇게 부른다고 했단 말이에요."

"꼭 그런 걸 따라할 필요는 없소. 난 당신이 어떤 존재든 상관하지 않으니까."

"내가 좋아서 그래요. 우리가 깊은 관계라는 게 느껴지니까요. 그리고 이래야 아비게일이나 르니와 다른 차별성을 둘 수 있잖아요."

"훗, 알았소. 내가졌소. 데비아니."

그러며 이번엔 남자가 여자의 입을 맞추었고, 여자는 행복한 미소로 답했다.

"그나저나 난 왜 찾았소?"

"식사 시간이에요. 오늘은 아비게일과 르니가 오래간만에 모든 솜씨를 발휘해 준비했으니 기대하는 게 좋을 거예요."

순간 남자의 얼굴이 핼쑥해졌다.

"음, 날 못 봤다고 해주면 안 되겠소? 난 도저히 두 사람의 음식을 먹을 자신이 없소."

"훗, 미안해요, 달링. 내가 먹지 않으려면 당신을 꼭 데려가야 해요. 그리고 두 사람은 당신의 평가를 듣고 싶은 거지, 내 평가를 듣고 싶은 게 아니잖아요. 그러니 맛있게 먹어줘요."

"나야 그러고 싶지만 맛이 너무……. 휴우, 10년이 지나도 음식 솜씨가 늘지 않는 걸 보면 두 사람에게 요리는 맞지 않는 것 같소. 이제는 그걸 깨달았으면 좋으련만."

여자가 남자의 볼을 쓰다듬으며 말했다.

"사랑하는 사람을 위해 하는 요리는 기쁨이라고 들었어요. 그녀들이 당신을 사랑하는 한 요리 대결을 멈추지 않을 거 같으니 포기해요. 후훗."

결국 남자는 고개를 절레절레 흔들었다.

"그럴 수밖에 없겠군. 알겠소. 그럼 먼저 가 계시오. 금방 뒤따라가리다."

"도망치지는 않겠죠?"

"후후. 그럴 리 있겠소. 동생에게 남은 할 말만 끝내고 가겠소."

"알았어요. 그럼 먼저 가서 아비게일과 르니에게 말해놓을게요."

"알겠소."

이윽고 여자는 부드러운 미소와 함께 사라졌고, 남자는 그 뒷모습을 보다 시선을 다시 비석을 향했다.

"데미안."

남자는 비석을 향해 불렀다.

"오늘 브라이든이 10살이 되었다. 너도 하늘에서 봤겠지? 이제 겨우 10살이지만 누구 못지않게 늠름한 브라이든의 모습을."

마치 바로 앞에 동생이 있는 것처럼 남자는 이야기를 계속 이어나갔다.

"아직까지는 날 아버지로 알고 있지만 그 아이가 성인이 되는 날 말해줄 것이다. 진짜 아버지가 누구인지를, 그리고 그 아버지가 어떻게 살았는지를."

남자는 아무것도 새겨 있지 않은 비석의 단면을 만졌다.

"그때 여기에 새겨주마. 네 이름을……."

그는 아련한 눈으로 비석을 바라봤고, 잠시 후 감정을 추스르고 몸을 일으켰다.

"오늘은 이만 가야겠구나. 손님이 온 듯하니 말이다."

남자는 비석에 미소를 짓고는 돌아섰다. 그런데 돌아서는 순간, 미소가 흔적도 없이 사라지는 것이 아닌가.

그 이유는 어느 샌가 자리한 불청객들 때문이었다.

언제부터인지 모르겠지만 몇 명의 인물이 그의 뒤에 자리하고 있었던 것이다. 남자는 이미 그들의 존재를 느끼고 있었던 모양이었다.

남자는 불청객들을 눈으로 확인하다가 순간, 눈빛이 변했다.

"제라딘?"

그중 그가 아는 사람이 있었다. 바로 암흑의 대마법사라 불리는 제라딘이었다.

남자는 제라딘을 예전 동국 연합의 정기 회합 때 어떤 인연으로 만난 적이 있었다. 그 이후로 보지 못했는데 10여 년 만에 다시 만나게 된 것이다.

"오랜만이군, 그레이너."

"오랜만에 뵙는 군요, 제라딘 님. 그동안 안녕하셨는지요."

안부 차 물었지만 제라딘의 모습에 변화는 없었다. 여전히는 그는 강렬했고 감탄할 만큼 잘생긴 모습이었다.

"보다시피 난 좋네. 자넨 많이 변했군. 예전보다 부드러워졌으면서 여유로워. 거기다 강해지기까지 했군."

제라딘은 마치 남자를 꿰뚫어보듯이 말했다.

남자는 부정하지 않았다.

그리고 이상하게 보지도 않았다.

제라딘이라면 충분히 자신의 실력을 가늠할 정도의 안목과 능력이 있기 때문이다.

"과찬이십니다. 그나저나 여긴 어쩐 일이십니까? 그리고 저들은……."

남자는 제라딘과 함께 있는 두 사람에 대해 물었다. 그들은 처음 보는 자들이었기 때문이다.

"이분은 우로타, 이 친구는 카론이라 하네. 자세한 것은 같이 가며 차차 알게 될 것이네."

우로타라 불린 자는 로브와 두건으로 온몸을 가리고 있는 의문의 인물이었고, 카론이란 자는 20대 청년으로 특이한 방패를 가지고 있는 기사였다.

'느낌이……'

남자는 특히 카론이란 청년에게서 묘한 느낌을 받았다. 동류의 기운이랄까. 카론이 가진 방패가 그런 느낌을 가지게 했다.

방패에는 소름끼칠 정도로 흉악한 해골 두상이 새겨져 있었다. 일반적으로 보기 힘든 문양으로, 놀라운 건 해골 두상이 마치 살아 있는 것처럼 피 눈물을 흘리고 있다는 것이었다.

그것만으로도 남자는 카론이 가진 방패가 보통의 기물이 아님을 바로 알 수 있었다. 그리고 느낌으로 중간계의 것이 아니라는 것도.

그렇게 두 사람에 대한 관찰을 마친 남자는 이윽고 제라딘에게 물었다.

"같이 가다니 그게 무슨 말입니까?"

"난 자넬 데리러 왔네. 함께 갈 곳이 있네."

"갈 곳이요?"

"그렇네."

"당황스럽군요. 갑자기 찾아와서는 함께 어딘가로 가자니. 제가 따라야 될 이유는 없는 것 같습니다만. 그럴 생각도 없고요"

"그럴 생각은 없겠지만 이유는 있네. 자네의 숙적, 로젠블러와 관련된 일이니. 그의 형제들이 움직이고 있네."

"……!"

남자의 표정이 살짝 변했다.

로젠블러의 형제들.

존재 자체는 로젠블러에게 들어 알고 있었다. 하지만 정확한 정체는 모르는 남자였다.

"그들은 로젠블러와 다른 일을 꾸미고 있네. 그리고 거기엔 자네도 포함이 되어 있지. 이래도 생각이 없는가?"

"……"

남자는 즉시 대답하지 못했다. 그는 잠시 가만히 있더니 이내 입을 열었다.

"함께 가지요."

"그럴 줄 알았네."

제라딘은 미소로 답했다.

그때 남자가 물었다.

"한데 어딜 가는 겁니까?"

"테미실라 대륙으로 갈 것이네. 우린 그곳에서 한 존재를 만나야 하네."

"한 존재? 그가 누굽니까?"

제라딘의 미소가 더욱 짙어졌다. 그가 눈을 빛내며 답했다.

"주신의 세 번째 자식. 심판의 신, 쿠루투스네."

작품 후기

죽은 자들의 왕

안녕하십니까, 페리도스입니다.

드디어 세 번째 작, 죽은 자들의 왕을 끝맺었습니다. 생각보다 오래 걸린 작품이라 후련한 마음이 강하게 드는데요. 그런 후련한 마음과 함께 작품의 후기를 펼쳐 볼까 합니다.

우선 죽은 자들의 왕은 '부활'이라는 드라마에서 모티브를 얻은 작품입니다. 드라마는 쌍둥이 형제에 관한 내용을 담고 있는데, 그 내용이 제게 좋은 이야기를 떠올리게 만들었고 그걸 제 나름의 방식으로 풀어낸 것이 죽은 자들의 왕이 된 것이지요.

죽은 자들의 왕의 특징은 쓰면서 분기점이 참 많았다는 건

데요. 그중 가장 큰 고민을 안겨줬던 건 바로 주인공의 동생 데미안이었습니다.

데미안은 사실 1권 로즈 공주가 습격당하는 부분에서 죽이려고 했던 캐릭터였습니다. 데미안이 죽음으로서 주인공 그레이너가 로즈 공주를 보좌하고 동생의 역할을 맡는 확실한 동기를 주려고 했었지요.

그런데 이야기를 만들어가는 와중 데미안이 죽는 건 누구나 예상 가능한 내용이었고, 데미안을 살리는 것이 새로운 이야기를 만드는데 더 도움이 될 것 같았습니다. 그래서 살리는 것으로 결정이 되었고, 마지막까지 로즈 공주와 함께하는 내용으로 변경했습니다.

하지만 작품 후반에 가서 이야기의 흐름이나 주인공 그레이너의 분명한 동기를 주기 위해선 데미안의 희생이 필수가 되고 말았고, 결국 다시 한 번 계획을 바꿔 데미안을 죽이는 것으로 변경해야 했습니다. 이래저래 데미안은 비중은 작아도 가장 많은 고민을 하게 만든 장본인이었던 것이죠.

또 내용이 달라진 부분 중 하나는 그레이너의 상대역입니다.

사실 죽은 자들의 왕을 구상할 당시 상대역으로 생각한 인물은 로즈 공주였습니다. 데미안의 자리를 그레이너가 대신하고 그로 인해 두 사람이 가까워지는 내용을 구상했는데, 막상 이야기를 만들고 보니 어울리지가 않았습니다. 더구나 데미안을 살리기로 결정하자 더욱 로즈 공주를 상대역으로 하기가 어려워졌지요.

결국 그런 이유로 내용은 바뀌었고, 한 명이던 상대역이 데비아니, 아비게일, 르니 세 명(?)으로 늘어나고 말았습니다. 하렘물을 추구하는 스타일이 아닌데 어쩌다 보니 마지막엔 이렇게 되고 말았지요. (참고로 르니는 마지막 권에 등장했지만 처음부터 존재하는 캐릭터였습니다.)

그 외에도 블랙 클라우드의 모르템 중 마지막까지 나오지 않았던 '블랙3 빈센'이나 기타 여러 가지 이야기가 있지만 지면 관계상 여기까지 하겠습니다.

이번 작품은 쓰면서 몸이 좀 좋지 않았습니다. 병원을 드나들면서 입원도 했었는데요. 그 때문에 후반 출간 주기가 많이 길어졌습니다. 이 점은 독자님들께 참으로 죄송하게 생각하며, 되도록이면 이런 일이 없도록 유념하도록 하겠습니다.

더불어 이전부터 제 작품을 읽어 오신 독자님들께서는 아시겠지만 암흑의 대마법사, 더 크루세이더, 죽은 자들의 왕은 하나의 세계관을 가지고 있습니다. 각각 모두 다른 내용이지만, 작품 간의 작은 연결점이 독자님들께 조금의 재미라도 더 줄 수 있지 않을까 생각합니다. 이후에 나올 판타지 장르 소설들은 같은 세계관을 공유할 것이고, 그로 인해 더 나은 재미를 줄 수 있도록 노력하겠습니다.

마지막으로 죽은 자들의 왕을 출간하는데 많은 도움과 배려를 해주신 도서출판 청어람에 깊은 감사를 드리고, 앞으로 더 좋은 글을 쓰기 위해 노력하는 페리도스가 되겠습니다. 감사합니다.

『죽은 자들의 왕』완결

十중星 십자성
전왕의 검

허담 新무협 판타지 소설
FANTASTIC ORIENTAL HEROES

신력을 타고났으나 그것은 축복이 아닌 저주였다.

『십자성 - 전왕의 검』

남과 다르기에 계속된 도망자의 삶.
거듭된 도망의 끝은 북방 이민족의 땅이었다.
야만자의 땅에서 적풍은 마침내 검을 드는데……!

"다시는 숨어 살지 않겠다!"

쫓기지 않고 군림하리라!
절대마지 십자성을 거느린
적풍의 압도적인 무림행이 시작된다!

Book Publishing CHUNGEORAM

이계진입 리로디드

임경배 퓨전 판타지 소설

FUSION FANTASTIC STORY

『권왕전생』 임경배의 2015년 신작!

『이계진입 리로디드』

왕의 심장이 불타 사라질 때,
현세의 운명을 초월한 존재가 이 땅에 강림하리라!

폭군으로부터 이세계를 구원한 지구인 소년 성시한.
부와 명예, 아름다운 연인…
해피엔딩으로 이야기는 끝인 줄 알았건만
그 대가는 지구로의 무참한 추방이었다.
그리고 10년 후……,

"내가 돌아왔다! 이 개자식들아!"

한 번 세상을 구한 영웅의 이계 '재'진입 이야기!

Book Publishing CHUNGEORAM

유행이 아닌 자유추구 -
WWW.chungeoram.com